NENA, NENA DE MI CORAZÓN

NENA, NENA
DE MI CORAZÓN

Benito Pastoriza Iyodo

Pintura de portada por Armando Sánchez
Colección del autor
Fotografía de portada, Joseph A. Dangler

Edición preparada por
Bradley Warren Davis

| ISBN 10: | Softcover | 1-4257-3621-1 |
| ISBN 13: | Softcover | 978-1-4257-3621-7 |

To order additional copies of this book, contact:
Xlibris Corporation
1-888-795-4274
www.Xlibris.com
Orders@Xlibris.com
36016

SOLILOQUIO PARA
EL DÍA QUE NACIÓ NENA

No hay que imaginarse mucho al sur para saber que es lo mismo, exactamente lo mismo, aún cuando vives en el norte. Al menos cuando vivías en la otra isla, la isla de las palmas, los atardeceres olímpicos y los desencantos, la basura no te llovía a cántaros sobre la cabeza cochambrosa que ahora llevas cargada en miasmas pútridos de sueños que te inventas a diario para poder sobrevivir en la ínsula desengañada de Manhattan. En la maravillosa isla del norte, Nueva York, Nueva York, la gran manzana del pecado, donde los rascacielos son hermosos como los planetas astrológicos, donde las vitrinas de los altos diseñadores te prometen una vida de lujos y sin preocupaciones, donde los parques centrales son perfectos creyéndote en el paraíso prometido, en el paraíso prometido del exánime John Milton, Paradise Lost, Paradise for all.

Descubrirás en cuestiones de segundos que el supuesto lodazal meridional que dejaste no era putrefacto, no era horrible como entonces te lo imaginabas. Descubrirás sin mayor sorpresa que las latitudes son accidentales y que los puntos cardinales no los llevas debajo de los pies sino en la piel. Black, nigger, spik, wetback, y los despreciativos que se inventan a diario, será la basura que descenderá sobre tu testa endurecida que llevará un casco protector para imaginarse que no se sienten las heridas que perforan el alma que ha perdido su pureza original. Descubrirás que eres negra y en la República Dominicana no lo eras, por lo tanto I am sorry we have no apartments, es que da la pura casualidad que en el edificio somos todos toditos blancos, más blanquitos que la nieve diáfana que cae sobre las aceras ennegrecidas de nuestra hermosa ciudad de aires internacionales.

Descubrirás que ahora eres Spanish, para ellos es la misma cosa, Cubans, Puerto Ricans, Mexicans, Colombians, Peruvians, simplemente Spanish, y si das la media vuelta de repente y por arte de magia eres un dirty spik, una latina sucia que no conoce ni el aseo ni el baño. I am sorry, no English no work. Con el famoso I am sorry te matan como diría la vieja y sabia abuela de Valencia. Qué rápido caes en cuenta que no eras chilena, ni uruguaya, ni paraguaya, ni boliviana, ni venezolana como te lo imaginabas o te hicieron creer, sino una simple Spanish que no sabe English. Why can't they learn English, is the universal language of the world. La lengua universal que abre todas las puertas al mundo. Hasta en la China si hablas inglés serás la reina del mundo. ¿Serán brutas o será la ineficiencia tercermundista que llevan en la genética que no les permite aprender lenguas superiores como lo son el francés, el alemán and of course English, beautiful and logical English? "Poor souls" dirían algunos, "what else can you expect, they come from third world countries, they must be so happy to be here".

En America the beautiful donde llegan todos los desplazados del mundo con una mano al frente y otra atrás, te toca revivir a diario la vergüenza de tener que construirte una cara de lechuga donde nada te duele, donde el insulto te resbala, donde el alma se te endurece y los sueños se desvanecen. Ah sí los dulces y encantadores sueños que llevabas cifrados en la noche negra cuando cruzaste las fronteras de El Paso con el coyote indicándote donde se encontraban las serpientes, donde se escondía la migra, los sueños que cargaste a duras cuestas la madrugada que navegaste en taxi acuático de La Habana hasta Key West, el día que tomaste el vuelo cruza charcos de American Airlines partiendo de San Juan, Lima, Tegucigalpa, Sao Paolo, Buenos Aires con destino al american dream, el sueño americano que aprendiste como idiota hipnotizada frente a la tele universal americana.

Pues aquí estás en los famosos United States of America mirando por el fire escape, la escalera de emergencia que sirve para escaparte de los fuegos, de las emergencias, de las tragedias, sin poder escaparte de tu tragedia mayor. La escalera de hierro enmohecido con una pequeña plataforma está expuesta a la intemperie, a la vista de los recién llegados, para que todos se asomen de vez en cuando a buscar el sueño que colgaron el día que llegaron con las esperanzas cifradas en un mejor porvenir. Desde los peldaños afloran los rostros de las árabes, las africanas, las hispanas, las asiáticas, las europeas, las afroamericanas, los artistas con grandes esperanzas de ser un Antonio Banderas, otra Jennifer López, la Shakira exótica, el Andy García ensoñador, otra Penélope Cruz, que alguien que algo se fije en sus sueños porque no todo puede ser un desastre, no todo puede ser la locura.

La tele me lo dijo, las elegantes revistas me lo prometieron. Mi esfuerzo y mi disciplina y mis grandes deseos me lo vaticinaron. El sueño de que yo tomaría el taxi con el rigor de mi nueva riqueza, no sería yo el que lo manejaría con este pasajero que me mira con desconfianza. Sí, el deseado sueño de que un portero abriría las grandes y doradas puertas a mi condominio de lujo en Park Avenue tal como lo vimos en la película *Breakfast at Tiffany's*. Yo no sería este adefesio de mono con uniforme de dictador abriéndole puertas a la dama señora enjoyada a lo Coco Channel que llega colmada con sus paquetes de Neiman Marcus, Saks Fifth Avenue y Lord and Taylor. ¿Dónde se dio la encrucijada? ¿Dónde se torció el camino? ¿Cuándo se pusieron la máscara y me robaron el sueño?

Desde el fire escape, el balcón improvisado de la gran grandísima urbe, observas como el inmenso mundo, el mundo del sur, el mundo del norte, del oeste y el este, lanza su basura al patio, su interminable basura al patio. La enorme basura de la humanidad se va acumulando en el patio de todos. En el patio donde van nadando las ratas y las cucarachas porque en el basurero han encontrado su paraíso, porque al menos alguien parece haberlo encontrado, alguien ha dado con su sueño. Latas de comestibles de segunda, botellas de cerveza, condones recién usados, revistas maltrechas, aparatos televisivos de los años setenta, las jeringuillas desusadas con gotas de heroína que ayudaron a revivir los sueños, los congelados a medio comer, el papel higiénico a borbotones.

Y la basura va ascendiendo lentamente como un gran globo, como una gran montaña, como una vez fue la quimera, el anhelo, la ambición, la fantasía, la utopía que todas tuvimos y ahora parece tornarse en una alucinación, en un esperpento de aparición, una macabra pesadilla de la que no podemos despertar. Y descubres y vuelves a descubrir que el norte no es el norte, y que su posición geográfica no lo hace mejor ni peor, también dirías lo mismo del sur, que los puntos cardinales los llevamos incrustados en el alma y que el sueño habría que forjarlo de una manera distinta, de una manera donde las latitudes no determinen el anhelo y solamente el ángel exterminador que llevamos dentro pueda forjar la sutil magia de las visiones.

EL PASEO DE LOS CACTUS

-Cigarrillos señores, cigarrillos.

-No te detengas demasiado que me espantas a los clientes.

-Aurora no le hagas caso que la noche la tiene floja.

-Cigarrillos señores, cigarrillos.

-Te dije que te largaras, mira como apestas a ajo.

-Pero si me puse perfume y colorete como usted me indicó.

-El ajo es más fuerte. Piérdete. Ven mañana cuando el negocio esté mejor.

Aurora sale deprisa porque no quiere enfurecer a la dueña. Tiene que tenerlas de buenas a todas. Muy fácil puede sustituirla con la primera fulana que le suelte el cuento triste. Con la primera apurada que le ruegue un turno sin poner condiciones. Una tanda cualquiera, aunque sea de madrugada cuando los borrachos están insoportables.

-Mire patroncita es que tengo cuatro escuincles. Uno que sigue de pecho y tres metidos en la escuela apurando ropas y útiles para la escuela. Ésta es la única chambita que me queda antes de tirar pa'l norte.

-Quién la manda a ser suelta de piernas. Debió fijarse entonces.

-Yo venía casada de iglesia jefecita. Fue él quien me abandonó con las cuatro criaturas. Le juro que es como se lo cuento. Qué me deje muda la virgencita si le miento. No se haga de rogar usted que es buena como la más santa de todas.

-No te pongas con blasfemias y mentiras. Las jeremiquías no se las tolero ni a mi madre. Mira que hoy ni yo me aguanto. Te quedas ahorita pero mañana veremos. Los negocios van lentos desde que cerraron la base. A los pinches políticos se les ocurre meter candado cuando menos una lo espera.

Aurora era una de muchas que venía con su tragedia a cuestas. Las dueñas de las cantinas no tenían porqué creer lo que para ellas eran puros infundios. A esta gente no se le puede creer nada. Siempre llevan la vida al revés. El favor se le hace porque se ve muy arrastrada. Porque la primera vez que la vio le cogió lástima como si el corazón se lo apretara para extraerle un zumo agrio.

-Pues la estaré viendo mañana seño. Con su licencia.

-Recuerda nada de ajo y mucho perfume con crayón rosado en los labios.

Al salir del bar se alegró de ver la noche estrellada. El aire se sentía puro y el fresco de la costa se había colado por el desierto. Con el cielo iluminado no habría manera de perderse con tal de seguir la ruta angosta de los cactus de la encrucijada. La suave brisa auguraba un retorno sin mayores tropiezos. La venta de chicles y cigarrillos no había sido una pérdida. Lo suficiente para comprarle los útiles a los chamacos que regresaban a la escuela con bríos de potritos salvajes.

Antes de emprender camino tendría que prepararse para el regreso solitario que le aguardaba. El ritual lo ejecutaba como un autómata. Se fue a buscar la mochila que había dejado escondida detrás del negocio. En estos yermos de mala gente no se confiaba ni en la luz eléctrica. Logró acomodarse en un peñón angular que se desprendía de la tierra. Tomó un segundo suspiro como si el cansancio o el aburrimiento del acto la llevara a meditar dos veces lo que estaba a punto de hacer.

Comenzó a extraer de la bolsa con suma cautela cada una de las cabezas. Los bulbos empezaban a dar señales de que perdían su primera capa de piel fibrosa. Examinó una de las molleras rascando la capa superior para asegurarse de su frescura. De ello dependía su vida. No estando convencida decidió extraerle un diente a una de las cabezas grandes. Como un resoplido tenaz surgió la fragancia que la pondría en el lado resguardado del asunto en manos. El olor del ajo estalló como picante alborotado sin frenos. Ahora partía libre y exenta de todo peligro.

Su madre le había impartido el conocimiento milenario. El procedimiento era sencillo. Debería colocar cabezas y dientes de la fragante planta herbácea en cada recóndito espacio de su cuerpo donde pudiera surgir la transpiración. Los vapores mantendrían a las serpientes alejadas porque los reptiles detestaban los humos liliáceos que el tallo expedía. La abuela y la prole que la antecedió se conocían el remedio de cruzar el desierto arriesgado que por las noches se infestaba de cobras y cascabeles.

Como la noche iba pintada de luces no tendría porqué preocuparse de extraviar el camino. Se lo conocía de memoria. La frontera vidriada era como un espejo cóncavo que permitía entradas y salidas a sus habitantes permanentes siempre y cuando se conocieran los enigmas de la foresta calcinada. Transitaría a lo largo de la carretera hasta dar con el paseo de los cactus. Luego se adentraría en el bosque de las espinas para desaparecer como fantasma que se lo lleva la muerte. La patrulla fronteriza que guardaba el límite divisorio no lograría detectar su presencia. Llevaba meses en la práctica sin que ni siquiera pudieran revelar las huellas que dejaba en la arena empedrada. Ella era una de las pocas afortunadas que se daba en desposorio con el desierto.

Emprendió su viaje sin mucho apuro. Sabía que le quedaba hasta la madrugada para llegar a la casa. En el transcurso haría inventario de la rutina que comenzaría a partir de la mañana. Llevaría los niños a la escuela. No, primero desayunarlos, vestirlos y luego sí a la escuela. Acicalar la casa un poco, fregar los pisos y recoger el huerto. De mediodía estaría en el pueblo comprando mercancía para la noche. Cigarros, cigarrillos, chicles, mentas, bombones, preservativos, vendas, pomitos de perfume. De todo como en botica. Surtir la tienda para que ni las dueñas ni los clientes quedaran insatisfechos.

Con la mochila abastecida podría regresar a la casa para dormir unas cuantas horas antes de que llegaran los niños. Para las cuatro de la tarde los tendría en casa listos para hacer las tareas y apapacharlos un poco. Miraría la tele con ellos olvidándose momentáneamente del mundo. Pensando y soñando que esa era su vida, sus hijos, su hogar, su diminuta felicidad. Que tal vez algo cambiaría, pero por lo pronto no había porqué quejarse. La vida era un ente extraño que poseía giros que no acababa de comprender.

A la hora de la cena observaba a los hijos detenidamente sin que ellos se dieran cuenta. Crecieron veloz como los maizales. Cada uno iba definiéndose en su propia esencia. Roberto era alto, espigado con la sabiduría de un anciano que se adelanta a su tiempo. Juan Javier era inquieto, lleno de una energía que le permitía investigar los enigmas hasta develar finalmente la luz de lo velado. Se entregaba en cuerpo y alma al imposible. Francisco, como su padre, era retraído, encerrado en un mundo donde pocos entraban. Solo, cuajándose en sus secretos profundos y distantes.

Para las diez estarían en cama. Soñolientos invadidos por un suave cansancio se rendirían antes de lo previsto. Ella para entonces se prepararía para el viaje. Alisar el cabello con la peinilla caliente, el colorete en los glóbulos de las mejillas, el vestido rojo, el perfume y la colocación de los sacros ajos para preservar la vida. El desplazamiento le tomaría una hora y pico. Tomaría la carretera principal para luego desviarse en el primer puente. Se adentraría en el desierto hasta llegar al bosque de las espinas donde se escabulliría por el laberinto central que la llevaría hasta el otro lado de la frontera. Antes de la medianoche estaría en la primera cantina preparada para hacer sus primeras ventas.

Aurora tomó conciencia que trenzando su inventario había logrado acortar el camino y el tiempo, encontrándose precisamente en aquel instante a la entrada del paseo de los cactus. Lo que en su recorrido mental había sido la llegada a su trabajo ahora en intervalo real se trastocaba en el regreso a su hogar. La magia especulativa le permitió un momento de bienestar al recordar que se vería con sus hijos que en cualquier momento despertarían del sueño profundo en que los había dejado. Se estregó los ojos para sentirse espabilada y de esta manera dar entrada al bosque calcinado.

Al ascender el declive que daba entrada al paseo le impactó una visión inesperada. Ante ella había un despliegue de cactus florecidos. Pétalos fulminantes con brillantes tonalidades creaban un calidoscopio espectacular que cegaba la vista. Naranjas, rosados, amarillos, púrpuras, bermellones y brotes níveos bañaban lo que una vez fue el bosque seco. La maniobra de formas, estilos y colores deformaba la vereda perdiendo semejanza al paseo que aquella noche había recorrido. Sintió una confusión desgarradora usurparle la confianza de la familiaridad. El laberinto central seco que una vez su intuición logró dominar quedaba completamente deformado con un despliegue paradisíaco de flores. Sus ojos presenciaban un lienzo nuevo que no daba el menor indicio de salida.

La metamorfosis de los cactus la embargaron de turbación. No supo si entrar al bosque o tomar un atajo diferente que otros lograron abrir con algún éxito. De repente se fijó que el mismo llevaba pisadas frescas. Huellas de un hombre con botas enormes que de seguro se disponía a cruzar esa parte del desierto. La evidencia humana la envalentonó a que se decidiera por el camino nuevo. De seguro al poco rato se encontraría con él cruzando juntos la porción que restaba de la travesía. Con la confianza afincada se dispuso a seguir el rastro que se dibujaba en la arena.

Se adentró bastante en el camino pero sin tener a ciencia cierta el tramo recorrido. El sol que hasta entonces había estado oculto comenzó a dar señales de vigor. Intentó no prestarle importancia al asunto aunque sabía que lo acostumbrado era llegar antes del amanecer. Los rayos solares no eran alicientes a su inesperada aventura. Tanteó un cálculo de cuánto tiempo llevaría caminando. Media hora. Una hora. En realidad no había manera de saberlo. El aire comenzaba a cargarse de una pesadez que hacía su depósito en el centro del diafragma. El cuerpo le pesaba y los pasos se volvían lentos. No supo cuánto había caminado pero sí comenzaba a desesperarse. Cuando por fin el sol le dio de frente, vio un objeto a la distancia que le tumbó el corazón. Sobre la arena dura yacía una bota de hombre.

Corrió hasta la bota dando gritos de locura. Su cuerpo comenzó a girar como un torbellino buscando al hombre que exigía de él su presencia. Palpaba el aire como sintiendo en el espacio la figura del sujeto que se convertía en carne. Lo presentía, lo intuía como una falsedad que no se quiere hacer vigente.

-Tomás sé que estás ahí. No te vuelvas a ir.

Se tiró al suelo exigiendo con aullidos incoherentes su regreso. A fuerza de los bramidos sufrió un desmayo que la lanzó al inconsciente. A los pocos minutos logró recuperarse para escuchar la melodía que le venía de muy lejos . . .

Aurora, lindísima Aurora, será siempre mi alma tuya sola, sí era la canción que me cantabas al oído en mi quinceañero cuando lucía el vestido rosado que tanto te gustaba. Giraba y giraba contigo como llevada por la espuma del mar. Ay cómo habrás pensado que yo era una niña ridícula, una niña consentida.

Y luego nos hicimos novios, ¿te acuerdas? Los besos, las caricias, *Nos amamos, nos besamos y como novios, nos deseamos* así me cantabas como si fueras un Manzanero porque contigo mi vida fue una canción y en la noche de bodas me susurrabas *una vez nada más se entrega el alma con la dulce y total renunciación* y yo me entregaba me entregaba rendida de amor mira como me engatusabas con las canciones y yo cedía y cedía porque te quería como una loca como una terrible loca y como una demente me dejaste cuando te fuiste para el norte a buscar *Júrame que aunque pase mucho tiempo nunca olvidaré el momento en que yo te conocí* porque me juraste cien veces mil veces que regresarías a buscarnos a querernos como siempre te quisimos a ti.

-Tomás sé que estás ahí. No te vuelvas a ir.

-Cigarrillos señores, cigarrillos.

-Te dije que te largaras. Mira como apestas a puro ajo.

-Robertito es hora de dormir. A la cama niño, a la cama.

-Sí al mes regreso.

-*Júrame que aunque pase mucho tiempo*

Aurora se agarró de la bota y comenzó a desgarrarse la ropa. Pieza a pieza hacía trizas de las prendas que la asfixiaban. Enterró las manos en la tierra para desenterrar lo que se le negaba. Comenzó a arrastrarse por el desierto semidesnuda con los harapos deshilados que apenas la vestían. Una extraña liberación se apoderaba de ella. Lanzaba las uñas al aire para destruir el monstruo que se la llevaba. Una batalla entre la vida y la muerte se lidiaba en la piel de su memoria. Había perdido la voz, la fuerza de la garganta quedaba depositada en la rabia de su rostro. En su delirio final, en su aliento final resonaba la melodía de su quinceañero *Aurora Aurora como puedes tú vivir tan sola.*

BEAUTIFUL

El camión de la basura llega a las diez de la mañana. Pepe quiere hacer el amor de madrugada, rapidito, rapidito, para sentirse que va calentando los motores, para pensar que le podrá aguantar las estupideces a la gente que pide reparaciones y milagros de sus avejentados apartamentos. La jefa encargada de su edificio le reclamará mil veces la lentitud con que ejecuta su trabajo y los compañeros de faenas se harán los locos para trabajar menos. Sólo este acto apresurado y primitivo lo prepara para la rabia de la vida, para el desenfreno de la rutina. Suavecito y caliente como me lo pide para salvaguardar la sanidad mental y no perder el equilibrio de la existencia. Yo dándome apresuradamente, corriendo en el éxtasis de la piel como quien va a perder el último suspiro, el último aliento de vivir. Llegamos por fin y me mira con ojos de gato muerto, de felino agradecido con unas pequeñas y sueltas migajas de amor. Quedo rendida como todas las mañanas, logrando sólo recobrar el aire para buscar en la temprana oscuridad unas chanclas desvencijadas que me lleven a la cocina. Arrastro el sueño por los pisos perdida en la alucinación que acabo de vivir y no me acuerdo si fue una pesadilla o la mera labor diaria de abrirme, entregarme para apagar el desasosiego temprano del hombre fantoche que tengo a mi lado. Pero no me olvido, el camión de la basura llega a la diez de la mañana.

Entre tactos y olores por fin logro llegar a la cocina donde cuelo el negrísimo café. El oscuro y humeante líquido me inicia al orden del universo. Ahora sí estoy despierta, ahora sé porque existo. El marido sale mojado de la ducha oliendo a pino y a macho con su eterna semi-erección. Se te acerca, se estruja con tu cuerpo y te aprieta los senos con fuerza, con una fuerza brutal, pidiéndote un anticipo de la noche, porque sólo tú le das vida, sólo tú lo sostienes en la cuerda floja de la vida. Nene ahora no. Papi ahora no. Papito, cosa chula, ahora no. Macho ahora no. Cosa linda ahora no. Aquí tienes tu café, fuertecito como te gusta. Mira que rico. Mira que suave. Pero él me quiere seguir queriendo y no es sueño ni pesadilla, estoy muy despierta, más que despierta con los pies plantados sobre el piso frío de la cocina minúscula y recuerdo cuánto drama hago, cuánta mentira sostengo, para salir del embrutecido momento, para zafarme del cumplimiento. Él adivina tu rechazo encariñado y con un leve empujón te tira hacia el lado como descartándote, como soy yo quien no te quiere, ni te creas importante poca cosa de mujer, poca cosa de invento humano. Por fin te sientes liberada, suelta y vuelves a recordar que el camión de la basura llega a las diez de la mañana.

El hombre se viste de mala gana entre insultos y amenazas porque él es el macho del mundo y así no son las cosas. Qué se cree ésta. Yo la mantengo. Le doy de comer. Le doy casa y comida. Era una muerta de hambre en Cuba. Una crápula. Una cualquiera. Sí eso eras, una crápula. Acaso se cree que yo no sé que por un crayón de labios, por unas pantis medias cedía a una acostada al primer turista que se le presentara en la calle. Libertina de mierda. Al primer gringo cabrón le abría las piernas. Por eso no me caso con ella, ni me casaré, ni loco. Crápula. Cien mil veces crápula de mierda. Qué se cree ésta. Mañana mismo la echo a la calle. Las mujeres se me sombran. Qué se está creyendo ésta, que la tiene de oro. Los insultos te los sabes de memoria. Sólo varían el tono y la inflexión de la voz. Pero no importa porque lo ves salir por la puerta. El odio con toda su humanidad despreciable sale por la puerta. No importa porque el camión de la basura llega a las diez de la mañana y la hora te apresura para que te des los verdaderos placeres de la vida, el regocijo que le da significado a tu existencia.

Ahora sí me puedo preparar para las labores del día. Comienzo con un riguroso inventario de lo que hace falta en la casa. Unos sartenes, tazas, un horno de microondas. Una lámpara, una mesita, una alfombra. Unas toallas, una cortina de baño. Unas fundas, una frazada, un edredón. A ver, para tu persona. Un perfume, un esmalte, unas bragas. Para Pepe, unos calcetines, unos zapatos. Para el hijo de Pepe, una camiseta, de las que traen logogrifos imposibles de descifrar. Para el jardín, unos tiestos, pensándolo dos veces, mejor unas canastas para que el barrio se entere de lo feliz que vives. El vecino me dijo que si encontraba algo bonito que se lo trajera. Para Cuba tengo que enviar desodorante, rasuradoras, pasta dental, jabón, aspirinas, cremas, champú, un tinte, una colonia y un cepillo. Por ahora. Para más tarde veré, en Cuba siempre hace falta.

Irse de shopping es una maravilla, irse de shopping y no de compras, porque la palabrita en inglés te hace sentir que has llegado, que por fin has aterrizado en el planeta de los billetes. Y te sientes fuera de este mundo. La felicidad del anticipo te da el permiso para ponerte bonita, arreglarte, ser femenina. Me pongo un rímel ligero, nada de escándalos, cosa que no se crean que soy barata. Un crayón de labios suave y sutil como vi en las revistas. Un poco de colorete, no me hace falta mucho, estoy saludable, gordita dirían algunas envidiosas. Unos pantalones cortitos color crema claro bien ceñidos y una blusa blanquita más o menos apretadita para que sepan que soy blanca, mejor dicho para que no se olviden que soy blanca, blanquísima. El perfume caro que me regaló Pepe del bazar y estoy lista como una modelo en pasarela parisiense. Me estudio ante el espejo y caballero qué tremenda mujer, con razón la gente me mira tanto, mis carnes voluptuosas no van al desperdicio. Me despido del gato, de los pajaritos y de las plantas. Un besito por aquí y otro besito por allá, las mascotas sí que me quieren. Dejo la casa linda y limpia como siempre, de puerca nadie me puede acusar. Ya lista y hermosa, afuera me espera el palo, la escalerita, la escoba y el carrito para irme de shopping.

La vida es un proceso. No hay porque apresurarse porque lo tuyo siempre será tuyo. Lo primero es examinar el contenedor más lleno, porque así el shopping será fácil, placentero. Ayer me fijé que los que se mudaban botaron un montón de cosas nuevas. Primera parada, el recipiente del edificio B, como bonito bueno y barato. Ay la sorpresa del día, la lámpara y la mesita. Paso al C contoneando mi hermoso cuerpo y me encuentro con los sartenes y unas tazas un poco viejas pero a caballo regalado no se le mira colmillo. Me voy trotando como yegua de paso fino al A porque las diez se me están echando encima. Está medio vacío pero uso mi escalerita y el palo largo para mayor extensión y santo milagro de las alturas, el edredón y las toallas. En el E y el F, unas muestras gratis que dieron por la vecindad de jabones, pastas dentífricas, enjuagues y desodorantes. Los vecinos no han querido los regalos de las compañías y había suficiente para surtir una caja grande de envíos para Santiago. Por fin termino con el D y en el fondo del latón después de excavar como una loca y ensuciarme como una puerquita, encuentro mi gran tesoro, una botella de *Beautiful* de Estee Lauder a medio usar. Si te digo que irse de shopping es una maravilla. En el anuncio de la televisión la muchacha que usa *Beautiful* se ve bella, regia, misteriosa, un encanto. Me imagino cuando me lo ponga, la transformación, la metamorfosis, yo beautiful, yo primorosa como una novia en sus nupcias de junio primaveral.

No entiendo porque Pepe dice que soy fea, gorda, apestosa y ordinaria. En Cuba, en la escuela de medicina, los internos me pedían que me desnudara una y otra vez. Que caminara por el pasillo, que me fuera por el fondo del salón. Que subiera el brazo, que levantara la pierna. Y yo haciéndome la tonta para que me vieran, para que se dieran el gustazo de sus vidas. Me entraba una astenia que para qué te cuento. Hasta papi parecía yo gustarle cuando muy de niña me decía que le dejara ver la cosa bonita, que quería tocarla, jugar con ella. La nena es tan bonita. La nena es tan preciosa. Qué tiene aquí la nena entre las piernas para su papi. Qué cosa bella tiene la nena. Y la nena no entendía por qué las frescuras si el señor era su padre, su papi del corazón.

Pero la nena tiene ahora su *Beautiful* y nadie se lo quita. Pepe se levantará las mañanas palpándome, buscándome para deshogar y descargar su rabia de macho vituperado. Como siempre no mirará mi rostro, no besará mis labios, no habrá una caricia. Porque soy fea. Porque soy gorda. Asquerosa y apestosa. Sólo un profundo y constante golpe en mis adentros, un remolino, un río desbocado en fuego castigará mi cuerpo. Un odio que no se entiende. Y yo seré sumisa, me abriré porque no quiero problemas, porque no quiero recordar a Cuba, porque no quiero recordar a papi. Pero allí, a la distancia, sobre el tocador, podré ver mi hermoso pomo de perfume y me recordará que sí, que soy beautiful, siempre beautiful. Eternamente beautiful.

EL NIÑO LLEVA EL SUEÑO
EN SU MOCHILA

El niño lleva el mundo en su mochila. Un niño rubio de ojos sutilmente azules lleva el mundo recogido nítidamente en su bolsa verde salvia. Con la cara en asombro, con un sinsabor arrancado de la desmemoria, ve a los transeúntes pasar deprisa. Se pregunta por qué el apuro, por qué la urgencia. Lleva en su rostro el polvo desmarcado de las ciudades, el niño lleva su sueño en la mochila. La pasta de dientes con los globitos anaranjados, la toalla multicolor que le recuerda de un arco iris desvanecido, unos pantalones zurcidos, una camiseta que dice en letras plateadas *Magic Kingdom Disney World*, un oso peluche negrísimo que se encontró en los trastos de los condómines frente al mar y los calcetines que la señora con sus sospechas le regaló en el albergue. Todo afanosamente guardado en su maleta improvisada. Y la luna llena está plantada en el cielo como un gran obelisco inventado por los dioses nórdicos para iluminar el esplendor del parque. A lo lejos se dibuja la fuente de hermosos colores rodeada por los jardines con rosales. La floresta se va torciendo en veredas de perfecta manicura donde se irán a encumbrar los jazmines en flor. El bosque urbano es una preciosidad con sus banquetas antiguas que imitan las suaves curvas de los paseos. Las bancas son labradas en hierro fornido al estilo Nuevo Orleáns. Los intrínsicos adornos embobecen la mirada del niño.

El lago, la inmensidad del lago, la transparencia del lago, los cisnes en el lago, los patitos negros en el lago y la noche terriblemente estrellada de azulejos en el lago. El niño extrae de la bolsa el peluche negro para luego mirar a su padre de la barba larga y plateada, que a su vez observa a la madre en su vestido descolorado y viejo, preguntándose el niño, preguntándose el padre, qué somos en el mundo de zozobras, en el mundo abierto de trashumantes, destechados, itinerantes, desahuciados, vagabundos, desamparados, ambulantes, desmantelados, homeless, que más da el término si el hecho es irrevocablemente el mismo. Aquí despoblados, ausentes, miramos al mundo pasar, el mundo afanado, como si algo se le escapara, como si un invisible se le quedara atrás.

La señora señorona con su penacho sombrero de domingo, el gran ejecutivo con celular a la mano resolviendo el mundo con sus cuentas y sus números, la pareja gay con su perro perrito de juguete, el corredor trotando las plateadas aceras a ritmo de rap reguetón rap reguetón, la prostituta fina de high society que no debe ser descubierta por la poli, los niños hermosos vestidos en hilo blanco Yves Saint Laurent, las niñas lindísimas vestidas en rosado antiguo Ralph Lauren, las parejas de enamorados eternamente enamorados y el niño hace inventario de su mochila buscando el sueño que le ha tocado portar. Una sábana desvencijada, una almohadilla de segunda para dormir dónde, cuándo, cómo y con qué propósito. Porque la ley de los parques, la ley de la ciudad, estipula claramente que en los parques no se ha de recostar el cuerpo horizontalmente, que es una multa grave de cárcel o 500 dólares. Por lo tanto, hay que verse normal, más que normal, hay que pasar por desapercibido, otra familia en el parque, otra familia en su eterna felicidad, demasiado feliz en el parque, le explica, le recuerda su padre, le aclara su madre. El niño que lleva su mundo, su sueño en la mochila, no entiende de leyes, ni jurisprudencia, ni códigos, ni disposiciones legislados por los altos tribunales de la capital, sólo ve el cisne deslizándose ligeramente por el agua, los sauces reverdecidos, los pinos gloriosos, los robles ensombrecidos. La belleza del parque no le hace olvidar que siente y resiente un sueño profundísimo de estrellas lejanas, cuyo único rival es el hambre vieja y pesada, casi milenaria que lleva a cuestas. Y su madre, y su padre lo van pellizcando, que no se duerma, que no se duerma, que mire a los patitos, que juegue con su oso negro, que mire a la gran luna llena, que busque su sueño, su mundo en la pequeña mochila verde, pero que no se duerma, se le ruega que no se duerma, no se duerma niño que esto es vedado y la multa es grave, siempre grave.

MIAMI MI AMOR

El sueño había que realizarlo: llegar a la costa del sol para recoger los dólares que estarían tirados por el suelo. Miami iba poblándose de cubanos con anhelos más grandes que sus vidas. Las cartas miamenses llegaban con una regularidad notoria. Pedro Javier se sentaba con la parsimonia de siempre a leerlas con un entusiasmo que se reflejaba en la sonrisa de sus ojos. Apagaba el televisor y su total devoción se concentraba en los breves escritos procedentes del sur. Sonreía poco, pero cuando llegaban las misivas de los primos floridanos las carcajadas retumbaban por las cuatro esquinas. Saboreaba cada palabra como si estuviese presente en la península de los dioses. Leía sílaba a sílaba ayudado por el escaso tercer grado que había terminado en Pinar del Río. Su lectura era lenta, alta y vociferante como si quisiera probar un punto: que los chismes que se corrían de su persona, eran precisamente eso, chismes de envidiosos de mala lengua. Él se había fajado en la vida y tenía el dinero para probarlo.

Los rumores circulaban que había repetido el segundo grado tres veces porque la dichosa lectura no le entraba por las sienes. Nunca comprendió porque un sonido tenía que ser representado por una inverosímil abstracción. Un ardid que un odioso se habría inventado para tropezar su innata inteligencia. Los números en cambio eran una realidad enteramente distinta. Los conceptos matemáticos sí que tenían sentido, sobrado sentido para la inteligencia calibrada de su persona. El ser extraordinario que inventó las figuraciones numéricas de seguro habría sido un genio. A los seis años vislumbraba a los presentes con lo perito que resultaba en las matemáticas. En cuestión de segundos lograba multiplicar y dividir decimales que dejaba al profesorado con la boca abierta. En cambio, el abecedario fue la montaña que nunca logró escalar. Las letras se le turbaban en la cabeza y las articulaciones se volvían un remolino de signos sin ton ni son. La maestra frustrada de verle la cara de obtuso lo corrió un día de la clase gritándole en su demencia, -burro, burro, mil veces burro, te pasaron por tu cara bonita, pero yo te cuelgo burrito de mierda.-

Con la llegada de las cartas el dolor de la niñez se borraba y sólo quedaba el ensueño de un paraíso perdido llamado Florida. La lectura se dificultaba, pero el placer de enterarse de las maravillas floridanas valían el esfuerzo. Se imaginaba una tierra repleta de sol donde las frutas tropicales eran la delicia del consumo diario. Los hijos crecerían fuertes e inteligentes solazados en la inocencia de una tierra nueva que prometía la esperanza de un porvenir seguro. No era Cuba, pero se le acercaba. Las misivas siempre abrían con el recordatorio de que él había sido el distinto. El joven aventurero que dejó la patria para hacer familia en lares lejanos del querido pueblo pinareño. Él por su parte llevaba el sello con orgullo, de ser el diferente, el que supo echar alas para conocer mundos de Dios.

Querido Pedro Javier,

Espero a dios que estes vien junto a tu familia boricua. Quien se lo iva a imagenar nuestro Javier cazado con una puertorriqueña. Como esta Luisa María, tan linda y saludable como siempre? dile que la estrañamos mucho. Dile que aca Mari la espera para hacerle un potaje de pescao al estilo de la vieja abuela. Y los nenes ya estan grande no? el chiquito sigue igual de estudioso y la nena echa una señorita, verdad? los mio estan gordo y hablando ingles, ya ni los entiendo. A Pablito ya le gustan las americanitas, las rubias especialmente. Bueno biejo te cuento que aqui la cosa esta buenisima, las naranjas y los tomates se recogen del suelo, el trabajo esta que sobra. No si te digo que la gente se pasa metia en la playa pescando y tomando sol como si estuvieran en Batabanó. Oye pony te acuerda de esos dias en Varadero, pues aca se pone mejor porque se trabaja poco y sobra pa irse de fiesta. Ya mañana vamos a ver una casita que le gusto a la Mari. Y dispues le dejo un pronto a un convertible rojo que le eche el ojo ace un mes. Hermano aqui esta el pelu que hace orilla, abres una baberia y la bas a tener yena noche y dia. Te cuento que paca se vino Melcaides y le vino de lo mas bien. Se caso con una haitiana de lo mas linda y ya se puso casa y tiene una paca de billetes. A ver si te embullas y te bienes con la familia. Te esperamos aca.

Tu primo,
Juan

—Oye vieja, ¿nos vamos? Pongo una barbería, la surto con lo último en productos de estilo de Nueva York que los guajiros de Miami todavía no conocen y a vivir bajo el sol se ha dicho. Llevamos los nenes a la playa los domingos y a criarse entre americanitos como Dios manda. ¿Qué te parece, salimos el mes que viene? Le vendemos la bodega a tu hermano y nos vamos para la Florida a vivir la buena vida.

—Pero chico, ¿tú estás loco? ¿Y los nenes, la escuela, y todo el tiempo y dinero que invertimos en el negocio?

—Loca estás tú. Loca de remate. ¿Y tú no te pasas quejándote del frío, la nieve, los atracos, los jolopes, los tecatos, los junkies, las ratas, las cucarachas, la basura y la locura de esta ciudad? Ahora tienes la oportunidad de un futuro para nuestros hijos, a ver, ¿qué te pasa?

Con dicho argumento y en especial con el tema del frío, Luisa María quedó convencida de que Miami sería la solución. Miami, la ciudad paraíso. No podía negar que sí venía quejándose de los atropellos de la ciudad de los rascacielos y poco argumento le quedaba para su defensa. Un legado firme tendría que dejarles a los hijos que no fuera la incertidumbre de vivir en la violencia.

El día que salieron de Nueva York caía una tormenta de nieve que los niños lamentaron no poder disfrutar. Con cada tormenta llegaban los regaños por desnudarse en la nieve, por jugar a los dioses tainos en tierra blanca desconocida. Inventaban juegos donde entremezclaban las experiencias de la isla caliente de Borinquen con la nueva isla fría que resultaba ser Manhattan, -Yo soy Agüeybaná dios del frío y tú eres Loizá, diosa de la nieve blanca, desnúdate de tu manto blanco y yo te daré mi ropaje de viento.- Con dichas palabras omnipotentes terminaban completamente desnudos a puro frío, pero sin sentirlo, como Dios los echó al mundo en pleno centro de la ciudad neoyorquina. La madre salía al rescate como loca tratando de cubrir con una manta gruesa los tesoros secretos, como solía ella nombrar a los preciados genitales de sus hijos.

Los niños no lograron persuadir a la madre de posponer el viaje para otra ocasión, de que los dejara ser dioses tropicales antes de explorar la nueva isla que se llamaba Florida. Isla porque así quedaba descrita por los padres: playas, cielos azules, veleros, cocos, tamales, café negro, palmas, dominó y muchas flores. En fin, un edén encantado. Se preguntaron si habría dioses por los rumbos de la nueva isla o si tendrían que transplantar las deidades tainas como lo habían hecho en el pobre Lower East Side donde lo único que se asemejaba a una diosa era la rígida estatua de la libertad. Los maestros no les contaban historias de ella, la pobre se encontraba sola en la isleta donde miles de inmigrantes la visitaban de día para venerarla, pero después en la noche quedaba abandonada con su triste antorcha encendida. Ni dioses ni diosas, ni tropicales ni nórdicos, lograron convencer a la madre de la mudanza, estaba determinada de llevarlos al paraíso donde serían civilizados.

-Nos vamos precisamente de Nueva York por el frío, por la nieve y por las locuras de invierno que se les meten a ustedes en la cabeza. Sin duda que el frío les entumece el juicio. Solamente eso me faltaba, dos dioses que se ponen a enseñar las joyas de la familia, un pony mujeriego y yo la nómada boba que le hago caso a las locuras de su padre. Prepárense y díganles adiós a sus dioses, bye-bye Agüeybaná, bye-bye Loizá, bye-bye gods, bye-bye nieve. Hasta nunca.

La gran isla de piedra se perdía en el horizonte cubierto de un cielo gris que bañaba la ciudad con la vieja nieve de enero. Un aire conmovedor tenía la ciudad porque los niños se despidieron de ella como si fuera un amigo. La dejaban triste y sola. Con la familia iban los sueños, las surtidas esperanzas y un carro repleto de olores, sabores y sonidos como si fuera verbena en verano. Luisa María cantaba emocionada con La Lupe, -Según tu punto de vista yo soy la mala-, y les guiñaba un ojo a los niños mientras les ofrecía unas alcapurrias a la criolla bien calientes. Pedro Javier le respondía con voz de tenor a lo Daniel Santos, -Me extraña mucho que me trates con desprecio, después que tanto me juraste que me amabas.- Un sentimiento muy especial se comunicaban con las canciones de sus ídolos, pero poco era lo que se dejaba ver. El vedado idioma de los que se aman. La pareja había desarrollado un lenguaje de gestos, miradas y canciones que sólo ellos podían descifrar.

Los hijos se hicieron los desapercibidos y fijaron su atención en los personajes importantes que con ellos viajaban. A su lado se habían acomodado Santa Bárbara Bendita con su espada encendida y su regio vestido rojo, San Lázaro con las piernas podridas y unos perros callejeros lamiendo las llagas del leproso, el Sagrado Corazón con una sublime sonrisa como si no sintiera los puñales clavados en su corazón, la Caridad del Cobre con su vestido azulísimo acompañada de ángeles y náufragos y para completar el cuadro iban en protección mayor con los misterios de las Siete Potencias. Cada uno se había acomodado a su manera y no quedaba más remedio que viajar codo a codo con los protectores de la familia. La madre se aprovechó del momento oportuno y comenzó el canto ceremonial que los guiaría por el camino de la luz en prosperidad y buen viaje.

-¡Changó, Orula, Ogum, Eleguá, Obatalá, Yemayá y Ochum, Oh siete potencias africanas que se encuentran alrededor de Nuestro Señor, humildemente me arrodillo ante tu milagroso cuadro a pedir socorro. Les imploro que intercedan por mí a Nuestro Señor, de quien recibimos la promesa "pedid y os daré", para que acceda a mi petición y me devuelva la paz del espíritu y la prosperidad material. Pídanle que aleje de mi camino y de mi casa los escollos que causan todos mis males para que nunca vuelvan a atormentarme, para mayor gloria de Nuestro Señor! Así sea en el nombre del Padre, del Hijo y del Espíritu Santo y ¡qué tengamos buen viaje Santo Padre!

Nueva York se iba perdiendo en la distancia. Cómo iban a extrañar a los asaltantes que los atracaban a las dos de la mañana, los drogadictos que los corrían con las navajas afiladas, a la Sister Mary of the Sacred Heart con su catecismo de los miércoles para niños portorriqueños que querer a Dios muy mucho, a Nereida y a Ricardo que bajo el Brooklyn Bridge los iniciaban con sus besos en el secreto de un nuevo juego. El juego del amor. Manhattan y el mundo de la inocencia perdida quedaban atrás, como un sueño lejano al que no se regresa jamás. La isla de piedra con sus cuevas, callejones, ríos y laberintos se iba borrando de la memoria cuando la madre les contaba de la nueva isla paradisíaca que los esperaba con una ansiedad repleta de verano y larga primavera. Un ensueño de vida. El maravilloso porvenir.

-Allí sí que la vamos a pasar de lo lindo. Playas, sol, una casa grande, la escuela ni se diga, será con un jardín y niños derechitos para que se les arregle la malicia que llevan de acá. No, si les cuento que nos espera una maravilla, como si estuviéramos en Puerto Rico, pero esta vez en Miami. Miami, mi amor - con su familia cubana.

Cuando el padre escuchaba 'familia cubana' pisaba el acelerador como si quisiera volar por los estados que marcaban el viaje. El deseo era convertir el automóvil en un avión para llegar a la amada Florida en la mayor prontitud. Nada de paradas y dormideras en hoteles para desperdiciar el tiempo. La presteza era el lema grabado en la frente del piloto. Su conocimiento de la historia y la geografía norteamericana impresionaba a los pasajeros. Conocía detalles y comparaciones de las trece colonias que los maestros nunca habían profesado saber. Él era el máximo exponente de números y estadísticas que mostraban las debidas proporciones en medida y desmedida. No habría sido apto en la lectura, pero su conocimiento numérico compensaba la falta de la palabra.

-Ahí tienen a Nueva Jersey, el garden estate, cuatro veces más grande que Puerto Rico, ya llegamos a Virginia de donde sale toditito el tabaco del mundo, un millón de toneladas al año. A ver, ahí tienen ahora a Carolina del Norte, quince veces más grande que Puerto Rico. El arroz para el mundo entero se cosecha aquí. Ahora estamos en Georgia de donde salen todos los melocotones para las tres Américas y es veinte veces más grande que Puerto Rico. Caballero si no hay nada como este país, pero eso sí en cuanto caiga Fidel nos vamos pa Cuba.

El día que entraron a la Florida se les caía el cielo encima. A causa de las precipitaciones no vieron ni sol, ni playas, ni naranjales. Un cartel iluminado anunciaba WELCOME TO THE SUNSHINE STATE con una naranja enorme como un sol. Ante el letrero se detuvieron a contemplar la octava maravilla. Para sorpresa de todos, el patriarca salió del coche y bajo el terrible aguacero se fue a ver el anuncio solo. Notaron que lloraba, lloraba en un silencio profundo, en el silencio de los hombres, que luego explicó al pasar los años. Al final de la península floridana había una isleta llamada Cayo Hueso desde donde se podría ver su amada Cuba. Por eso la lágrima, por eso la lluvia. Cuando entró al carro empapado, la hija no contuvo la curiosidad y a pesar de la mirada desafiadora de la madre, le soltó la ignominia de la pregunta.

-¿Por qué llorabas papá?

-¡Qué llorar y que ocho cuartos! ¿Tú estás loca muchacha? ¿No ves que está lloviendo? Mira las locuras de esta niña y que yo llorando.

No se enteraron entonces de la causa de su pena o si acaso la semilla de su alegría. La historia de Cayo Hueso vendría mucho después. El padre sería el mismo, el hombre enjuto lleno de misterios, poco dispuesto a compartir su mundo o su pasado. Mucho se rumoraba de que había combatido en las fuerzas de Batista, pero al ver las injusticias y el abuso del poder se unió a las filas castristas lleno de un idealismo y un afán de ayudar a los pobres. Después de internarse por meses en la Sierra Maestra sufrió nuevamente una desilusión cuando se dio cuenta de que otra forma de caciquismo se formaba en el corazón de la selva cubana. Desertó las fuerzas revolucionarias y se regresó a su amado Pinar del Río donde se dedicó a la pesca para poder alimentar a su familia de once hermanas. Nunca se supo cómo llegó a Puerto Rico, pero de sus sueños se despertaba gritando que se ahogaba, que se bebía el inmenso mar. Luego, con los ojos abiertos, preguntaba si había llegado a Miami. Todos lo miraban con extrañeza respondiéndole que seguía en Puerto Rico, en la otra isla donde había conocido a la madre de sus hijos.

Cuando llegaron a Miami, los tíos miamenses los esperaban con los brazos abiertos. La rama perdida de la familia por fin se dejaba ver. El enlace del Caribe se completaba. -¡Los sobrinos boricuas, que te parece Mari, quién se lo iba a imaginar que este guajiro de Pinar del Río se casaría con una puertorriqueña. Están lindos, sabes, la mezcla, vieja, la mezcla!- El regocijo fue mayor cuando los primos neoyorquinos se fueron a jugar con los primos cubanos. La niñez no conocía la distancia, ni las regiones, sólo un deseo de sentir un lazo estrecho que por fin se cerraba. En el patio conocieron a María Josephine, la prima cubano-haitiana, hija del tío Melcaides y la tía Marie Claire. Los niños jugaron al escondite, a los caballitos y a las cintas chinas hasta que se cansaron. Entre los parientes una inocencia se rescataba. María Josephine era una niña de una inteligencia extraordinaria. A los pocos años de edad aprendió el ajedrez con una soltura que a todos vislumbraba la sagacidad con que hacía sus movidas. Muy pronto la niña se volvió el centro de atención de los primos recién llegados. Josephine sería el faro, la guía de los nuevos mundos donde como apta veterana les iría marcando el camino a los recién llegados.

Llegó el día de iniciar los estudios. Luisa María no podía contener la alegría de ver a sus hijos entre el alumnado de lo que ella consideraba una linda primaria. Días antes había inspeccionado los hermosos jardines con rosales, buganvillas y unas maestras que vestían impecablemente. La madre había dado su sello de aprobación. Los niños se educarían derechitos como le gustaba a ella enfatizar. Para felicidad mayor de la madre, los hijos estarían compartiendo aulas con los primos Pablito y María Luisa. El día de la matrícula fueron vestidos como niños modelos de revista. La madre sentía que el ego se le inflaba al ver los hijos como dos perlitas.

-No olviden niños, ante todo sus mejores modales, aquí traigo sus excelentes calificaciones de Nueva York. Todo será cuestión de unos minutos. Hablo con la maestra y quedan iniciados. Ustedes quietecitos y lindos.

Luisa María iba elegantísima con su conjunto blanco a lo Coco Chanel. Como siempre los accesorios sencillos pero de buen gusto. Su caminar embrujaba con la tenue fragancia que la envolvía y que le prestaba una seguridad de mujer que sabe a lo que va. La madre le explicó en su mejor inglés a la directora del recinto el propósito de su visita y la educadora después de escucharla con detenida atención y un poco admirando su valentía, le contestó,

-That will be impossible, these children are Indians and they do not have the intelligence or the skills to be in this all white school.

Luisa María perdió la compostura y la elegancia. Todo el despliegue de los buenos modales se fue por la borda. La directora conoció la ira de la matriarca, escuchó los improperios que le lanzaba una ofendida leona y nuevamente con una calma muy medida, la directora le repitió,

-I am not obligated to accept them in this school. In any case, if I were to accept them, I would place these children in a lower grade. You have another option: register them in the Negro school. They will be much happier there. They belong there.

La escuela de los negros quedaba en las afueras de la ciudad, cerca de los muelles viejos. Entre el polvorín y los edificios desvencijados los esperaba la prima María Josephine con una tristeza marcada en los ojos. La confesión fue directa, pero sincera.

-No quisimos decirle nada a la tía porque estaba muy ilusionada, por lo menos aquí estamos juntos.

Entrada la noche entera la madre lloró sin consuelo. Movería cielo y tierra para que los hijos recibieran la educación que merecían. Lo intentó todo. Llamó a supervisores y superintendentes. Hizo promesas al Sagrado Corazón y hasta les encendió velas doradas y verdes a las Siete Potencias. Nada. Los niños quedaron depositados en la vieja escuela de los negros enterrada en el lodazal de los muelles.

Cuando llovía los primos llevaban unas botas especiales de hule para poder cruzar el fango. Las dejaban alineadas frente a la entrada del salón. Al día siguiente cuando salía el sol resultaba difícil concentrarse en la lección con los mosquitos zumbando al oído y picando los brazos. María Josephine les enseñó a ponerse en trance de vudú. Invocaban a Eleguá imaginando que le encendían velas blancas para la claridad, para el sosiego y la eliminación del enjambre de mosquitos. Aprendieron a no sentir las picadas y a dormir con los ojos abiertos. Las maestras ni se enteraban del trance, por el contrario, quedaban admiradas de la buena disciplina que los niños caribeños poseían.

El sueño de Pedro Javier siempre fue comprarse una casa en la playa y poner su barbería. En ocasiones le entraba la manía de que no se realizaban sus deseos porque la esposa lo salaba, le echaba el mal de ojo. Para remediar el mal, corría a su altar y encendía una veladora roja a Santa Bárbara Bendita, le ponía manzanas y flores rojísimas, murmuraba unas palabras para invocar el espíritu bueno, y santo remedio, quedaba el camino limpio. El día que fueron a ver la casa de sus sueños el camino estaba purificado, la Caridad del Cobre había recibido su nueva veladora azul y cada una de las Siete Potencias tenía su ofrenda. Luisa María iba entusiasmada olvidando por un momento el incidente de la escuela. Subieron al coche con destino a una playa que sería una sorpresa especial según les había explicado el padre. Después de veinte minutos en carretera abierta, llegaron a una casa blanca frente al mar. El mar estaba azulito como los ojos de Pedro Javier. Al fondo se divisaba un jardín repleto de flores exóticas, aves del paraíso, hortensias y miramelindas que enamoró de inmediato a la ilusionada madre. Ella siempre confesó su debilidad por las flores, según ella, máxima expresión de la naturaleza que no tenía comparación.

-Viejo, ¿nosotros podemos pagar esto?

-Hablé con el dueño y tenemos más que suficiente para el pronto. Ahora es cuestión de que la veas y apruebes de ella.

-No, si esta casa es una maravilla. Los jardines, el mar. Me encanta.

-Vamos a llamar a los nenes.

La felicidad se apoderó del instante y los santos iban alumbrando el camino. Era tal la alegría que llevaba la familia que el regocijo se notaba de lejos. Un hombre grande y risueño recibió al padre a la puerta. Le estrechó la mano efusivamente y al ver el resto de la familia preguntó,

-Who are these?

-My wife and our two children.

-You didn't tell me you had a colored family. Oh I'm sorry, this house is not for sale. It's a mistake.

Cuando Luisa María escuchó el breve diálogo reaccionó de una manera imprevista. En un tono muy calmado, pero contundente dijo, -Sir, you won't need this sign then- y en ese preciso instante tomó el anuncio grande de FOR SALE y lo rompió en cuatro pedazos. La familia se recogió en fila y se marcharon con las cabezas muy en alto, con el orgullo que la madre siempre les había inculcado. De regreso al apartamento no se dijo nada en el carro. Pedro Javier perdía su mirada en el mar y Luisa María llevaba un nudo de hierro en la garganta.

Con la frustración de la casa, el padre dirigió su empeño en la nueva barbería. Plan derrotado, plan nuevo. Consiguió un local en una avenida que empezaba a poblarse de cubanos recién llegados. Compró lo último y lo nuevo en sillas giratorias que subían y bajaban, máquinas que hacían espuma y sauna, rasuradoras, espejos de aumento, tijeras italianas, cepillos y peines franceses, brillantinas, cremas, tintes para los viejos verdes, colonias inglesas y talcos para el toque final. Instaló un aire acondicionado súper potente para que sus clientes se sintieran en confort y pudieran escaparse del horrible calor y humedad miamense. Entre grandes espejos y plantas colgantes decoró el salón con las fotos de los recortes de cabello que se estilizaban en ese momento en Nueva York.

Con gran solemnidad se sentó a esperar a sus clientes. A los niños se les tenía prohibido visitar el establecimiento no fueran a salar el sitio como había hecho la esposa con la casa. El nuevo propietario de poco hablar no atraía clientela con su recia cara. Los exiliados pasaban echándole un ojo al salón, y entre espejos y lujos veían la figura enjuta, seria, con su cara de mata gente. La posible clientela espantada corría a una barbería cercana donde se escuchaba el bullicio de la gente hablando de política. En el establecimiento competidor el recorte era barato y se hablaba de cómo y cuándo iban a tumbar a Fidel. El dueño tenía una sonrisa que le cruzaba la cara y las madres lo adoraban porque los niños no lloraban con él.

Pasaron días, semanas y nadie pisaba Pedro's Place. El empresario no aceptando la derrota decidió un último recurso: tragarse su orgullo de guajiro pulido en Nueva York y volver a abrir la barbería al son cubano. Apagó el aire, abrió la puerta y puso un disco de la Sonora Matancera. Colocó su altar con una imagen azulísima de la Caridad del Cobre y a su lado posó a la muy venerada princesa Santa Bárbara Bendita. Colgó su bandera tricolor cubana y convidó a la familia que pasara el día con él. La tía Mari coló café espeso para los que llegaban, mientras Luisa María y la cuñada Marie distribuían alcapurrias a la floridana. Los tíos se pusieron a jugar dominó con el padre, un juego que definitivamente iluminaba el rostro de Pedro Javier. Se reía, discutía y lo bonachón nacía en él. Los primos tomaron turnos en dar vueltas, bajadas y subidas en las sillas giratorias. Ese día se le llenó la barbería al joven empresario.

La algarabía duró poco. Cuando el ámbito regresó a su normalidad muchos clientes terminaron regresando a sus antiguos barberos y unos pocos quedándose con Pedro Javier. Las entradas no eran suficientes como para mantener abierto el local y continuar con el apartamento. Y como itinerantes, terminaron mudándose a la barbería, donde vivían con la clientela de día y solos con las cortinas cerradas por la noche. El astuto padre se ingenió el invento de una cocina portátil en el cuartucho trasero y en el pequeño espacio se las arreglaba Luisa María para cocinar sus guisos boricuas.

Algunos clientes se quedaban para almorzar y unos cuantos ayudaban a los niños con las tareas escolares. Poco a poco fueron aprendiendo la historia de Cuba con variantes contradictorias. Muchas veces los tutores comenzaban una lección y terminaban en una acalorada discusión de política. Las múltiples versiones pedagógicas coincidían en un solo acuerdo: Fidel Castro era el villano de la película y José Martí era el bueno. Cuando se hablaba de Martí reinaba un aire de solemnidad y los compatriotas mostraban sus caras protocolarias. El silencio de respeto se apoderaba del negocio. En ocasiones aparecía una guitarra y la famosa Guantanamera surgía para perfumar el aire. A los niños les gustaba el sonido triste de la canción porque contrastaba con la alegría del guaguancó que retumbaba de la radio hecha llamas. Les intrigaba como sus tutores-clientes podían ser profundamente tristes y alegres a la vez.

La clientela del joven empresario fue cayendo y se hizo lo que se venía temiendo, cerrar la barbería. Eran muchos los que se habían ido a buscar nueva vida en Nueva York y Los Ángeles donde el empleo y el dinero sobraba, como decían las cartas que recibían de sus compatriotas que por aquellos lares andaban. Miami no resultaba atractiva y sus playas no embrujaban. El estómago vacío cantaba más alto que el alma ilusionada y el encanto de la ciudad se fue perdiendo. Cuando los tiempos están malos, recortarse el cabello es un lujo que el pobre no puede darse y los tiempos económicos en la Florida no andaban en orden o como solía decir Pedro Javier, -la calle está durísima caballero, los tiempos andan duros.-

Tan dura se puso la calle que Pedro Javier tuvo que irse a recoger tomates a Homestead. Fue la época en que los niños llegaron a conocer a los mexicanos. Llegaban de diferentes partes, de lugares con nombres extraños que les encantaba pronunciarlos sólo para enredarse en el intento: Cusihiriáchic, Xichoténcati, Huajuapam y Ojojutla. Los cuates tomateros de Pedro Javier se morían de la risa al escuchar como los hijos acribillaban los hermosos nombres indígenas. El padre se iba con ellos muy temprano a las cuatro de la mañana y no regresaba hasta muy tarde en la noche. Su cara se puso roja como un tomate. Detrás de la diáfana piel blanca comenzaron a surgir las arrugas profundas que se habrían de quedar marcadas en él para el resto de su vida. Las delicadas manos de barbero fino se volvieron toscas, ásperas y secas. Pedro Javier envejeció como nunca antes.

Los vecinos en son de broma llamaban a los niños hijos del tomatero, no sabiendo que en realidad la familia se había vuelto totalmente tomatera. Para desayuno, almuerzo y cena comían tomates. Tomates en tortilla, tomates revueltos, tomates guisados, en su salsa, al ajillo, con su chile, al limón, empanizados y a la parrilla. La madre no sabía como disfrazar al fruto enemigo y harta de su vida tomatera le gritó a su marido, -Nos largamos de aquí, el sueño de Miami no resultó. -Pedro Javier supo tragarse su orgullo de guajiro macho herido y le contestó, -Pa los nuyores nos regresamos.-

Los primeros en subirse al carro fueron las Siete Potencias con la Caridad del Cobre y Santa Bárbara. Entre ellos se acomodaron los niños llenos de una alegría que los embargaba de risa y felicidad. En los Nueva Yores les esperaban la Diosa Loizá con su marido Agüeybaná, los besos en secreto con Nereida y Ricardo, Sister Mary rezando mil veces God Bless these porto rican children, los asaltantes en la esquina y una nieve fría como para desnudarse y revolcarse en ella. Pedro Javier y Luisa María se acomodaron en el asiento delantero como dos soberanos. El marido le guiñó un ojo a su mujer, y ella le contestó con un beso aéreo. Él, en su tono habitual de romanticón perdido, le cantó una estrofa a lo Daniel Santos, -Perdón, vida de mi vida/Perdón si es que te he faltado/Perdón cariñito amado, ángel adorado/Dame tu perdón-. Luisa María que había recuperado el lenguaje anónimo del amor le respondió con su nueva versión, -Jamás habrá quien separe/amor de tu amor el mío/porque si adorarte ansío/es que el amor mío acepta tu perdón.-

COMPRANDO SUEÑOS

Vives desolada como un antiguo faro oculto en la densa selva donde la guerra quebradiza y sin canto te ve cubierta de ojeras de una nocturna mañana. Desayunando popusas perforadas en balas de plomo encendido, comprando en las sombras unos sueños acreditados, sueños que te inventas a cuesta de sangre en pesadillas. Te remontas al combate, las bombas, el secuestro, porque te acuerdas repentinamente del tío asesinado, del primo torturado en una noche temprana cuando la sangre corría por el pueblo. De las veces mil que corriste a refugiarte en la capilla de los cerros para no ver la muerte de cerca, para salvar las crías, los chamacos que lloran y gritan con la madrugada, infantes que llevas colgados de tus senos flácidos que no comprenden los sueños que no llegan. Y entre santos, santas, beatas e inciensos, trasvuelas las horas largas y contadas, trapeando pisos de penitentes que ven en la mirada del omnipotente la muerte de millones, que conoce y desconoce el aniquilamiento de tus amigos, el asesinato de tu marido a sangre fría, el hermano que lo desaparecieron en la nada, de un humo bélico que se confunde en los ojos trastocados de un pasado. Y el presente que te muerde ferozmente, que no te permite olvidar la pesadilla que llevas en la memoria, resignarte a lo cotidiano de la vida, simplemente comerte el trastorno de alimento que les robas a los curas, pero no, muy bien que no comprendes a la vida, a la guerra que te entierra viva. Se te requiebra la existencia descosida y la muerte es el comienzo donde el sitio del dolor se incrementa. Con el sueño comprado se descose la envoltura en llamas rojas que te recuerdan de los bombardeos, de los combates. Intentas llegar a tus sueños, a los sueños que quieres creer que existen, pero una sangre antigua te abruma profundamente con estallidos de una guerra que no se calla, porque no has llegado, porque sigues allí con la muerte a tu lado, en esta capilla de dioses inventados que te refugian para siempre, escapada y atrapada en la memoria de tu suelo desmemoriado.

MÁS ALLÁ DEL RÍO

-Abuela, ¿falta mucho?

-No.

-¿Cuándo llegamos?

-Cuando lleguemos.

La abuela es de poco hablar. El sacro santísimo evangelio no le permite desbocarse en verborrea in púribus que no conduce a ninguna parte. Hay que medir las palabras, las acciones. Al nieto se le debe criar de la misma manera. En la vida, recuerda la abuela, nunca debe perderse el balance, la compostura. Es el problema de la humanidad medita la matriarca, el mundo anda perdiendo la oscilación de sus existencias.

-¿Está muy lejos?

-Depende.

-¿De qué?

-De si caminas rápido o no.

El niño lo llevan al trote. Se le obliga a caminar como adulto, porque no se puede perder el tiempo. También la enseñaza de los intervalos se aprende de la abuela, el tiempo, el tiempo, hay que saber usar el tiempo. Cada minuto, cada segundo, tienen que ser ocupados juiciosamente. Es la vida, corta, breve, caprichosa, donde el tiempo es un engaño, un artificio sin treguas.

-Abuela, ¿por qué llueve tanto?

-Porque así lo quiere Dios.

Los relámpagos pintan al cielo con sus deformaciones. A lo lejos las luces electrificadas penetran la superficie del río. Anuncian los truenos que suenan como estallidos de bombas. La lluvia cae con rabia, perforando el suelo con pequeños hoyuelos. Es lluvia fuerte, lluvia de temporal. El niño la observa como buscando una explicación.

-¿Y las aguas van a dar al río?

-A la tierra, a las plantas, a las piedras, a dar vida.

El río es rico en piedras y ahora no se ven. El agua cubre el pedregal. El río crece con fuerza tornándose rojo, barroso. No es el riachuelo cristalino donde la abuela lava ropa. El agua se vuelve un torbellino que arrasa con el cieno. El río es un monstruo, un titán con muchos ojos, que se traga las orillas, se come el valle circundante, el río lleva mucha rabia por dentro.

-No mires al río. ¿Me oyes? No mires al río.

-¿Por qué?

-Te engaña y te lleva con él.

-¿Adónde?

-Muy lejos.

Al otro niño lo visten con cuidado y esmero. Va engalanado de blanco como un ángel. Aún puede llevar sus pantalones cortos y botines de infante porque no ha perdido su inocencia. El resplandor lumínico, la dulzura blanca se cubre con un impermeable negro y unas botas de hule color carbón, porque llueve y hay que caminar, y el pueblo espera al niño.

-Abuela, me duelen los pies.

-¿Por qué?

-No sé.

-Camina, camina y te dejarán de doler.

El camino es largo y la lluvia no cesa. Se desprenden pedazos de tierra que el río se traga. Troncos, ramas y hojas van flotando corriente abajo. El camino es estrecho y abajo se ve el torbellino rabioso creciendo como queriendo alcanzar la vereda. El niño lo mira, lo examina.

-No mires al río. No mires al río.

-¿Por qué?

-Te lo dije. ¿Cuántas veces te lo tengo que repetir? Te engaña.

La noche entra con sus garras de gata negra. La vereda se oscurece. El verde mojado de los bambúes se vuelve una cueva insondable de misterio. El río se pone bravo con el cielo pardo que se le viene encima. Solamente se ve una pequeña senda junto a un río enorme que se quiere desbordar. Se encienden las linternas para iluminar lo poco que se vislumbra del camino.

-¿De dónde viene la noche?

-¿Y por qué lo quieres saber?

-Porque es triste y fea.

-No siempre.

La lluvia cae con fuerza. Los paraguas no resisten el resoplar del viento y se desdoblan como hojas de yagrumo. El camino se vuelve un lodazal. Salpica el barro sobre el hule negro. El niño piensa y medita sobre el viaje.

-Y, ¿cómo es él?

-Como tú.

-¿Un niño?

-Un niño. Simplemente un niño.

La abuela es parca. Poco dice, poco pregunta. Su mundo es lineal y hasta la locura de un temporal ha de tener su fin. Su rectitud contempla los axiomas desde un plano elevado, distante. Al final de cuentas, para ella la vida te lleva a la muerte y la muerte a la vida. Son intercambiables. No hay porque preocuparse, los contrarios han de encontrar su balance. El niño insiste en sacar a la abuela de su brevedad.

-¿Cuántos años tiene?

-Como tú.

-¿Ocho?

-Eso mismo. Ocho. No, tal vez siete.

A lo lejos se puede divisar un pequeño poblado con cuatro o cinco casuchas. Sólo una está iluminada. Del diminuto albergue entra y sale gente con caras extrañas, contorsionadas, como queriendo expresar un sentimiento que no se acaba de definir. El niño observa con detenimiento a la gente y al lugar. Intenta imaginarse la razón del agrupamiento.

-¿Es allí, abuela?

-Allí es.

-¿Y toda esa gente?

-Entenderás los hechos a su debido tiempo.

-¿Y por qué se ven como pobres?

-No pobres, humildes, te expliqué muchas veces la diferencia.

Se van acercando a la barraca. La gente se aparta para dejar el camino libre, los dolientes tienen que entrar. Velas blancas, doradas alumbran el reducido aposento. La lluvia cae recio sobre el techo de zinc. Son golletazos que pretenden derribar lo que queda del bohío. El vendaval no cesa y el viento se cuela por las rendijas de la casa. Se siente el rugir del río como pregonando su presencia, su ineludible presencia.

-¿Y los niños? Quiero jugar.

-Primero ve a ver al niño.

-¿Dónde está?

-En el cuarto pequeño.

Mentalmente se pone a contar sus pasos hasta llegar al cuartucho contiguo. En el aposento está el niño en el centro sobre una mesa cubierta de flores con los dedos entrelazados. Se pregunta si duerme en una primavera eterna. Velas blancas, doradas, iluminan su rostro. Le recuerda a uno de los ángeles en los libros de la abuela.

-¿Por qué se fue?

-Por mirar al río.

El niño contempla al niño. Lo observa con extrañeza como intentando comprender el enigma que llaman la muerte. Lo mira, lo examina y no logra ver con claridad las rosas y los cirios. Su cuerpo tiembla, se estremece, pero no entiende, no comprende lo que siente. De repente, escucha el correteo, las risas, el bullicio. Comienza a contar sus pasos en retroceso como llamado por una fuerza superior a la presente, como buscando un escape. Sus pasos se aligeran buscando la salida de las flores, las velas, los inciensos. Corre, corre, corre, en busca de las voces que lo llaman al juego de la vida.

BENDICIÓN ABUELA

Cuando la abuela llegó a Nueva York la familia completa tuvo que ir a recibirla. Era el protocolo centenario de la tradición, el recibimiento con honores de la gran matriarca. El automóvil iba apretujado con la comitiva que no lograba respirar a sus anchas debido a la estrechez del espacio. A Javier le tocó sentarse junto a su primo Juan Luis que como siempre se le había olvidado ponerse desodorante. El niño iba sudando profusamente. La pobre Maritza acomodada al lado izquierdo sufrió un mareo por llevar las narices tapadas. La hermana mayor, la precavida de la familia, hurtó a escondidas un pomo de perfume que venía oliendo desde que vio la primera gota de sudor bajar por la frente gelatinosa de Juan Luis. Lo único que irritaba a la perfumada hermana era la excesiva gordura de su primo. El enorme espacio que tomaba Juanito le arrugaba el vestido rosado que le habían comprado para el domingo de la Pascua Florida.

En el asiento delantero vivían en un planeta distante. La madre y su hermana Paulina llevaban dos peinados encopetados que le había tomado a la peluquera cuarenta y cinco minutos por cabeza en estilizar. La abuela inspeccionaría cada moño, entre las enumeradas agendas de su supervisión, por lo que las cabezas iban esculpidas perfectamente con nitidez de mármol griego en exhibición. Los altivos rodetes aumentaban la desgracia de los pasajeros en la parte trasera, teniéndoles prohibido abrir las ventanas porque los ajustados penachos habrían de mantenerse intactos sin un cabello desubicado. De esta manera, el aire acondicionado en low nunca les llegaba a los jóvenes penitentes. Al padre la cabeza le brillaba como una de las bolas mágicas negras que se ven en los museos de rarezas. El aire estaba embriagado de brillantina, laca, perfume y vapores de Juan Luis que se cocinaba a fuego lento.

El padre andaba perdido, pero el clan pretendía como si el hecho consabido no fuese cierto. El jefe de la cepa resultaba ser muy buen actor. Tomaba curvas y rectas, desvíos y autopistas que no llevaban a ninguna parte. Efectuaba los debidos pares, miraba hacia los lados como si conociese el barrio por donde manejaba. Las mujeres se hacían las desentendidas para no provocar la irritación en el piloto. Al niño Javier con su clarividencia, se le ocurrió prevenir al padre de una señal verde con un avión hermosamente dibujado que se vislumbraba a la derecha, cuando se le adelantó la madre con el pensamiento y le dijo contundentemente: -Usted hable cuando las gallinas meen.- El niño retractó su vaticinio, se tragó las palabras y se regresó a sufrir su penitencia.

Por fin los sufrientes de la parte trasera divisaron unos enormes aviones pintados de múltiples colores y no pudieron contener los gritos de felicidad: "¡Allí papá, allí!" Para los tres hermanos la llegada al aeropuerto representaba la libertad al martirio de tener que estar encarcelados con Juan Luis. El hijo de la tía Paulina venía sufriendo doblemente. Él y su madre serían juzgados con severidad por causar el deshonor, la desgracia a la casta de la cual nunca se hablaba. Su madre especialmente. Él sólo fue el resultado del desliz. El abuelo jamás lo hubiese perdonado, pero ahora el asunto en cuestión quedaba en las manos de la inquisidora, de la gran abuela. Para el padre piloto el arribo era una victoria masculina, el capitán que los lleva a puerto seguro. Nuevamente tuvo la ocasión de probar que él sí valió la pena para yerno. En su faz se dibujaba la sonrisa que los hijos sólo disfrutaban en momentos de logros inesperados como los del instante que presenciaban. A la madre le temblaban las manos. Para ella el advenimiento de la abuela representaba la revisión de la prole puesta ahora en sus manos. Paulina por su parte no lograba controlar el nerviosismo. El corazón le palpitaba con una rapidez que rayaba en la asfixia. Las hermanas se aguantaron de las manos con una fuerza que intentaba darse ánimos de valentía.

Para la madre y la tía Paulina la venida se convirtió en el acontecer que ansiaban y temían a la vez: la madre reina suprema aparecía para distribuir besos, consejos, sugerencias, abrazos, críticas, despechos, observaciones, reproches y besos. El afecto desbordado iba mezclado con regalos para los nietos, pasteles, dulce de mango, guayaba y coco, los últimos chismes de la familia y los no allegados, un surtido renovado de besos y nuevamente los reproches y un hablar sin parar que sólo la nieta mayor había heredado. No habría manera de defenderse. La amonestación siempre venía endulzada con un merengue del pueblo viejo. La crítica se daba con una sonrisa a flor de piel. Ella era la suprema. La gran matriarca. La diosa.

Cuando llegaron al terminal de la aerolínea procedente del sur, descendieron civilizadamente del coche. Ahora se les ponía a prueba para ver cuánto habían aprendido de los sermones que les dieron sobre buen comportamiento y estética. A la madre le encantaba pronunciar las dos palabras muy lentamente. "Es-té-ti-ca, -cuando uno se ve bonito, bello, elegante . . ." Lo de buen comportamiento era difícil de asir. Solamente bastaba con mirar sus ojos para saber qué aprobaba o desaprobaba como buen comportamiento. Cuando se ponían risueños y cristalinos se archivaba en la memoria como positivo, pero si los ojos se volvían tiránicos y profundos, el castigo venía de seguro. La duda no les quedaba a los niños de que la abuela vendría a evaluarlos en las reglas de la estética y el comportamiento.

En el día ansiado se portaron como nobleza. Entraba triunfante la abuela. La gran interventora. La distribuidora de sueños y fantasías. La conocedora de yerbas y remedios. La cronista de su pasado. De un pasado turbio, pero su pasado. La abuela era eterna en su hablar. Lo dispar lo narraba con la más simple lógica. "Tu bisabuelo llegó de España a buscar fortuna, pero se encontró con una pobreza que daba pena. Se puso a vender biblias pero como la gente no sabía leer . . . hablando de leer, ¿cómo te va en la escuela? Mira que tengo una yerbita para la memoria, porque no quiero que te vaya a pasar como el alma en pena que cuando dejó su cuerpo no se acordaba quién era ni de dónde venía, pero tu bisabuelo se acordaba de cómo remediar las situaciones económicas, porque se recordó que la gente siempre come y se decidió a abrir un colmado que llamó La Sultana en honor a tu bisabuela que lo enamoró con la piel trigueña que relucía bajo el sol como si fuera la suprema diosa de Cartagena. De sultana no tenía ni un pelo, porque era pura colombiana. Pero el pobrecito se embriagó con el color de la costa y quedó condenado a tener que vender plátanos y café por el resto de su vida y retomando lo de leer, ¿leen en inglés, español, francés, hija por qué no les has enseñado a leer francés? A ver, ¿qué lagunas académicas les ha legado su madre que yo pueda resolver? No se preocupen ella nunca fue muy apta en los menesteres mentales."

Estaban plantaditos frente a los cristales para ver a su altísima descender de su primer vuelo cruza charcos. Las masas desfilaban con enormes paquetes que olían a manjares ocultos. Hacían pequeñas pausas en su caminar para asegurarse que pudieran ser vistos. Los esperadores gritaban, lloraban y extendían sus brazos en desesperación por el anhelado encuentro. Vieron un despliegue de vestimentas. Un señor muy digno llevaba unos pantalones elevados que exponían las pantorrillas como esperando para cruzar el río crecido de la noche anterior. Una señora iba emperifollada de perlas desde el mentón hasta donde comenzaba la entrada del escote.

De repente salió corriendo una manada de muchachos mal vestidos y peor educados que los niños envidiaron desde el momento que los vieron. Codiciaban la libertad, el sacrilegio de su comportamiento. La madre se puso en su posición de mi generala para que su milicia no fuera a descontrolarse. El padre aprobó como siempre de su comandancia sobre los hijos. El tumulto de gente continuó bajando. Grandes, gordos, redondos, flacos, blancos, negros, pelirrojos, rubios, tuertos y encorvados.

La humanidad entera. De dónde salía la pluralidad de personas se preguntaba la madre. Los pasajeros llevaban la misma mirada: "voy perdido y ojalá que me encuentren". Los recién llegados miraban a los implantados como tratando de expresar lo que se venía soñando, "ni se crean, no durará mucho mi estadía, al año me regreso y cargadito de dinero . . ." La abuela no se veía ni en el poniente. Siempre le gustaba retrasarse para hacer la gran entrada o salida que le correspondía a sus años y jerarquía.

Quedando pocos viajeros, una impresionante señora comenzó a acercarse a la familia. El ser enigmático que se aumentaba ante sus ojos era difícil de descifrar. La estirpe de repente volteó su mirada hacia Javier, el hijo menor, el intuitivo de los descendientes. Le exigían una explicación. En sus tempranos años el niño se había ganado la reputación de adivinar hechos o inventar patrañas que para ellos resultaban vertientes de la misma fuente. El chiquillo de igual manera engendraba monstruos que habitaban en islas extrañas como lograba ubicar objetos extraviados en los lugares recónditos de la casa. Javier, el intuitivo, el radar de la memoria. Ahora sus padres, sus hermanos le pedían una explicación.

La señora lucía un cabello rojo que contrastaba fuertemente con su piel oscura. La cabellera venía coronada de unas amapolas estallantes medias marchitas por el viaje. El cutis aparentaba ajado, pero firme. Las mejillas iban anunciadas con dos chapas de colorete recién puestas porque se corrían un poco por el lado. El polvo abundaba en el rostro, descendiendo lentamente hasta entrar en el vestido. Los labios ostentaban una pintura rojo-naranja para hacer contraste con el vestido multicolor desplegado en flores. La dama era una fiesta costera cargada de grandes paquetes que apenas conseguía sostener. El niño Javier quedó asombrado y enlazado a ella para siempre, "¡Bendición abuela, Bendición abuela!" Una vez más el niño fue el líder de la tropa de ignorantes que no reconocían la belleza y el color innegable de la matriarca en su esplendor. De su originalidad, de siempre sorprenderlos con la locura de los matices en flor. De ser eternamente ella, la amapola desprendida que llegaba a reunirse con sus capullos a los muy lejanos new yores que ella desdeñaba. La tenían presente, roja y esperanzada como siempre. Ahora sí podría juzgarlos de cerca, bien de cerca. La abuela había llegado para distribuir sueños, para desenredar pesadillas, para limpiar honores, para amarlos eternamente.

LETANÍA DE LA VIAJERA ANHELANTE

Estás en este un almacén en Los Ángeles comprando hamburguesas colmadas de salsas y mostaza mientras ves a tus hijos correr por las hileras y jugar con ametralladoras, a los soldados, porque querrán tenerlas, porque es su manera de decirte, "Mamá deseamos un tremendo rifle para hacernos comandos" y te quedas anonadada ante la hamburguesa derramada en salsas y recuerdas cuando sonaron las balas y corriste a refugiarte al prostíbulo donde siempre te escondían de los ataques inesperados. Teresa Rosal te reconocía a la distancia, la avispada patrona, que lentamente abría la puerta con sumo sigilo asegurándose de que ella y las suyas no corrieran peligro, porque al final de cuentas, la tropa de la que huías también eran sus clientes y tenía que saber balancearse en la cuerda floja entre protegerte y no echar el negocio cuesta abajo.

Con la calle despejada, te metía en uno de sus cuartuchos donde el olor a sexo recién urdido impregnaba las paredes y el aire. Las pocilgas eran iguales, estrechas y llenas de sombras con un camastro en la esquina donde las mujeres esperaban las horas interminables a que llegara un ser anónimo o la muerte que siempre las acechaba. Iban pudriéndose con la lentitud de una lepra, infectadas por condiciones que deformaban rostros y arrasaban con la poca salud que a la epidermis le quedaba. Pero entre la suave oscuridad, los hombres no se percataban de la piel enferma, venían con una idea fija que se centraba en la apertura del placer, por lo que habían pagado dos pesos.

En repetidas ocasiones habías entrado en mitad del gozo, donde el embriagado soldado por lo avanzado del coito ni cuenta se daba de tu presencia, de tu lento respirar que se confundía con la mujer que yacía abierta, extendida de par en par, en la transacción que para ella era convenio habitual. Para el pobre infeliz era una desenfrenada carrera por llegar a la eyaculación, soltar la carga que le pesaba como un quintal. En el lastre se acumulaban las rabias de la semana, las estupideces y altanerías que tuvo que soportarle al teniente, las torturas que presenció y el río de sangre que corría por el pueblo sin parar. Gritaba los nombres con apellidos de personas que habían desaparecido y entre cada grito y gemido soltaba un rosario de perdones mientras mordía los pezones de la vituperada mujer que no entendía si el placer surgía de su epicentro o de las noches colmadas de pesadillas que el cabo no podía lastrar.

La escena se repetía con frecuencia, sólo cambiaba el rostro de la mujer o el soldado. Muchos fueron los uniformes de militares que viste, rangos de capitanes y coroneles dispersados por el piso, calzoncillos con fuertes olores a orín añejado, calcetines cargados de tierra y sangre, mugrientas camisas agujeradas por el tiempo y el desgaste. La pestilencia de sudor y sexo enterrado en el infierno de un cuartucho era el espacio que te protegía, desde la oscuridad las mujeres te enviaban sus señales para que te mantuvieses alerta, cuando sus gemidos fingidos se multiplicaban te estaban avisando que el hombre se venía, y al oír la liberación final del soldado tumbado en el camastro, podías correr a esconderte en las sombras del cuartucho.

El horror había que soportarlo con tal de que no te agarrasen. Y si te capturaban, ¿qué te podían hacer? ¿De qué huías? El pueblo completo estaba enterado del destino de las mujeres que sus hermanos habían desertado el ejército oficial para seguir a la guerrilla. La violación por docenas de reclutas era sólo el comienzo de una larga tortura donde la víctima vendada sufría el dolor agonizante de ser brutalmente ultrajada por monstruos que como pesadillas siempre llegaban sin anunciarse. En el rito bestial se ponía a prueba al recién iniciado, para ver cual recluta poseía o no poseía estómago para los actos de tortura. El que venía con caricias y pendejadas románticas de besar a la mujer, era enviado inmediatamente al frente de guerra para que aprendiese de inmediato los trotes de fortalecer su hombría. La mujer vivía en un mundo de espanto, cuántos serían esa noche, ese día, qué locura llevarían enfrascados los muchachos en el momento desesperado de probarse ante su teniente. Habías oído contar de mujeres que perdieron sus senos al ser arrancados a mordiscos y luego masticados por la furia desenfrenada del soldado que perdía total control de su condición humana con tal de mostrar su capacidad de torturador.

Las bonitas se las guardaban para los capitanes, los especialistas. En el pandemónium de las celdas de tortura la belleza era una maldición. Se pagaba doble: por tu hermano traidor y por tener carita de ángel, quién te manda a ser bonita. Se comenzaba con la sutil seducción que lentamente se escalonaba al suplicio mayor de caerle a golpizas interminables después de ser violada. El cuchillazo, la bala, el electroshock, eran aditivos a la conocida rutina que habría de seguir la bella por su doble condición de desgraciada. Deshechas y llevadas a su infernal existir animal, eran cargadas como sacos al basurero de la ciudad y tiradas en el vertedero como bagazo, quién sabe si vivas o muertas, poco importaba para ellos.

De sobra te conocías la historia. Repetidas fueron las veces que recibiste cumplidos por tu rostro, antes de las guerras, antes de la masacre, cuando los chicos te elogiaban por la frescura de tu piel lozana, que ahora tratas de borrar en las sombras. En el enterrado calabozo del sexo te pones en ayuna, huesuda como la muerte, por si el destino te juega una mala carta y te agarran un día desgraciado escondida en tu clandestinidad. Pero Teresa Rosal te lo recordó en repetidas veces, "mija aunque intentes vestirte de escoba, la carita de princesa no te la quita nadie, tu desgracia es tu belleza. ¿Y dónde andará el condenado de tu hermano, por qué carajos te dejó en el destierro de la muerte que él de sobras conocía?" Vas contando los días como si realmente estuvieras en prisión. La eterna manía que tienes de contar lo incontable, de los primos que se los llevó la mili, de los tíos que murieron asesinados en la marcha cuando el movimiento comenzó, y ahora tus hermanas que desaparecen una a una, como si la tierra se las tragase. Tienes cifradas las esperanzas que el norte fue su escape, pero acá la muerte es el único recodo de libertad.

Ayer, después de esperar meses desoladores, te dieron la buena nueva, la noticia que secretamente ansiabas. De sobrada pena, Teresa Rosal te arregló los papeles para que salgas del país vía norte con los debidos pasaportes falsos y demás documentos que te sacarán de la región. Los contactos siempre los tuvo, pero no te atrevías abusar de la confianza en pedirle tamaño favor como sacarte del lodazal que había sido tu salvación. No querías ser una ingrata. Pero ella se lo venía imaginando, se te veía en la mirada, en los ojos aterrados y dislocados que no cesaban de llorar. El sermón no te faltó, ibas advertida y entrenada,

- . . . recuerda que te llamas Leonor Fourier del Castillo y no María Pérez. En nuestro país de mierda le gente se impresiona con los apellidos altisonantes. Con el despliegue de patronímicos trata de dar un poco de donaire, clase, altanería niña. Vives en la república de las ratas donde la plebe se caga cuando conoce gente poderosa. La cara de rica consentida la tienes, mira que me costó el negocio de un mes y llevas ropa de la buena para que luzcas tu nuevo apelativo y no te dejes tocar por los gringos cabrones que también gustan de lo gratis, que para dárselo a ellos, mejor te quedas por acá. Te vas por tierra, pero cuidadito con los ladrones que sobran los rateros. No te echo la bendición porque perdí potestad en los asuntos del cielo . . . de todos modos mantén los lindos ojos abiertos que está el listo que sobra. En cuanto llegues al norte me echas una cartita, pero no se te olvide firmar Leonor que hasta por dichos lares te encuentran mija. No sé que otro consejo darte.-

El día que te ibas se amontonaron las secuaces de la casa para verte salir. De algunas habías aprendido sus nombres y de pocas rehusaste grabar su apodo en tu memoria. Sabías que estaban cerca a la muerte y saberse el nombre de un ser es atarse a su recuerdo. La lección del innombrable que se quiere te lo había enseñado tu mamá antes de morir del ataque horrible de asma que se la llevó cuando apenas cumplías los once años. Sí, morir con el nombre de quien se sabe querido es morir doblemente. En el portal estaban reunidas, tus compinches, tus aliadas en la sombra. Las expertas en gemidos y dramas, las conocedoras de los muertos sin nombres, porque habían sido susurrados a sus oídos, las depositarias del dolor, las desencarnadas, las sacerdotisas de los desmemoriados. Las vinculadas te miraban con ojeras profundas de quien pide un adiós no sabiendo gritarlo o darlo. Al entrar al camión las miradas se quedaron contigo para siempre, como el dolor adherido, punzando profundamente para no salir jamás.

Tu país te lo imaginabas inmenso, esparcido por el horizonte como la abuela lo había contado. En tu casa se hablaba de valles, montañas, riveras y mares que no conocían límites, donde las fronteras con países vecinos apenas se tocaban. Siempre viviste en la capital, provincial como cualquier pueblo, donde el chisme recorría la ciudad en media hora. El día que murió monseñor nunca comprendiste cómo el país se enteró como un rayo, como la noticia voló desde la catedral por calles, carreteras y valles y llegó hasta la costa antes del anochecer. Hoy el día de tu despedida te enteras de que en menos de dos horas estás fuera del país rumbo hacia el norte donde también se habla de guerras, de guerras silentes, pero no obstante guerras.

Al oscurecer salen los enmascarados de sus cuevas, filtrados por las carreteras llegan hasta el coche inspeccionando cada ínfima pulgada. Te miran con sospecha y se preguntan que hace una mujer sola con un par de gringos turistas a tempranas horas de la madrugada en una carretera inhóspita sembrada de maleantes. Te quedas callada poniendo cara de soberbia, arrogante y poderosa en tu reino de burguesa fingida como te aconsejó Teresa Rosal. Les ruegas a los cielos que los hombres no te vean bonita, porque no quieres que la maldición te siga hasta el infierno de las tierras nuevas, al país que se asemeja al tuyo en rastros e iras de odio. Los gringos te han mirado por primera vez, sienten que llevan una carga peligrosa y quisieran deshacerse de ti en el instante, pero te soportan porque hay contrato, hay buen negocio envuelto. Al despuntar el día las carreteras pasan al mando de los militares que en cada parada te miran con una sonrisa suspicaz y les piden bajarse del carro con excusas de fumigarlo. A los gringos los tratan con exagerada cortesía y a ti te comen con los ojos, se muerden los labios como saboreándose una fruta prohibida. El aire altivo no siempre funciona y te lanzan sus comentarios soeces.

-Mamacita chula y ¿tú que haces viajando solita e indefensa, calladita y con aires de grandeza? ¿Te comieron la lengua los ratones?

-Y no está mal la chava, un poco flaca, pero no se ve mal.

-Se la habrán comprado a alguien porque está requete chula con los ojitos verdes. Parece una nena rica.

-Cuídate mamacita que está el lobo sobrao.

Las ciudades recorridas se ven iguales, pobres y desarmadas como si los ciclones hicieran una parada necesaria para afincar la miseria diaria. Las casas están caídas y despintadas, avejentadas por el tiempo y la desgracia. Miras a los rostros empolvados y te reconoces en sus miradas llenas de una tristeza perenne y estancada. Hoy te han anunciado que llegas a tu destino, a la gran ciudad de Los Ángeles, donde podrás comer hamburguesas y comprar a tus anchas. Leonor Fourier del Castillo en Los Ángeles. Suena a cuento de hadas, a pura invención de las que se le ocurrían a papá Yeyo.

-Well dear, you're here in beautiful LA. Aren't you happy?

-Muchas hamburgers para ti, tú poner gorda y bonita.

-Poor thing, she looks like she just saw hell and not LA.

-She'll get the hang of it, give her a couple of months and we'll see her at K Mart.

-Tú estar contenta, tú estar feliz, ¿por qué tú mucho llorar, por qué tú mucho llorar linda?

-Who understands women? They're all the same in all races.

Inmediatamente te preguntas por qué carajos llamarán a la ciudad Los Ángeles, si debería llamarse Los Demonios. No se ven árboles, plantas, flores, si es un desierto, dónde están los lagos, los ríos, los bosques. La urbe es pura contaminación, millones de automóviles atrapados en una caldera de humo que promete estallar en cualquier momento. Las paredes están pintorreteadas asquerosamente con el llamado graffiti, los dibujos letrados se asemejan a monstruos listos para el ataque inesperado. Ves edificios bombardeados, casas quemadas, centros comerciales saqueados, puentes caídos, carreteras levantadas y una gente con unos rostros llenos de odio y vileza que tendrás que ir descifrando poco a poco si quieres sobrevivir en lo que será tu nuevo hogar.

Al principio la llegada resultó extraña. Cuando llegaron a la casa de la prima de Teresa Rosal, los gringos recibieron una buena paca de billetes y salieron sonrientes como si se hubiesen ganado la lotería. Para ellos valió la pena arriesgarse. Margarita te miró con lástima, tratando de disimular la pena que sentía hacia ti, y decidió hablarte de tu futuro, tu porvenir, para colocar una sonrisa en tu rostro. Para que vieras que la desgracia no siempre se lleva a cuestas.

—Dime, ¿qué sabes hacer?

—Limpiar, cocinar, tejer un poco.

—Ah . . . trabajo doméstico. ¿Qué tal si mañana te buscamos un trabajo en casa de una señora americana que conozco?

—Yo por mí empiezo hoy, mucho es lo que le debo a Teresa y quiero pagárselo pronto.

—No mija, ni lo pienses, tú no le debes nada a nadie. Tú lo pagaste con la vida de rata que llevabas. Perdona la sinceridad, pero es la pura verdad.

—Pero no hablo inglés, ¿cómo le hago?

—Tú no te preocupes que para lo que vas a hacer no necesitas el inglés, aunque después te voy a meter en un cursito para que aprendas el thank you very much y el you welcome para que te defiendas. Tú verás que te irá suave. Después te llevo a unas fiestas, te presento a unos amigos . . . y quién sabe, hasta te casas. ¿Qué te parece?

-Yo vengo dispuesta a lo que sea.

-Bravo niña, bravo.

Efectivamente, la vida se te dio en el empeño. Trabajaste de doméstica con tu limitado inglés, luego legalizaste tus papeles y oficialmente te convertiste en Leonor Fourier del Castillo de Contreras. Porque a Manuel Antonio no lo conociste en una fiesta como había sido planeado, sino en una larga cola que tuviste que hacer muchas veces para que se te oficializaran los papeles, en largas y agónicas entrevistas donde te preguntaban hasta el color de tus pantis. Él te miraba de reojo, como el que no muestra interés, porque para el colmo de los males, también resultó ser tímido como tú. Se enamoraron en la interminable cola, tirándose sonrisitas, llenando formularios burocráticos y contestando preguntas necias de oficiales del estado para obtener su green card, el carné de su american dream.

La estabilidad del hogar te sentó como un bálsamo, rejuveneciste con la llegada de los gemelos, dos varoncitos que te vuelven loca, pero que le han devuelto un poco de sentido a la vida. Y los ves jugar a los soldados, en el súper almacén donde se vende y se compra el mundo, donde intentas desconectarte de tu pasado. Pero los sueños escapados te regresan como una pesadilla de guerras que no cesan, bombardeadas y amortiguadas. Porque te acuerdas del tío asesinado, del primo torturado en una noche cercana como la presente, de las veces mil que corriste a refugiarte en el prostíbulo de Teresa Rosal para no ver la muerte de cerca, porque no has llegado, porque las guerras no se acaban, porque sigues allí, con la muerte a tu lado, en el nuevo lupanar de un súper almacén en Los Ángeles que ahora te refugia y te recuerda que sigues desolada y apagada en el inviolable sitio del dolor donde el recuerdo se incrementa.

EL INDISCRETO ENCANTO

Sigues teniendo el triste dilema de la sordera encendida. Muchas fueron las veces que padeciste de la insensibilidad de no amar lo bello, ni siquiera la estética deslumbrante de Rachmaninov en concierto. Pero muy listo estabas para la crítica armada, el juicio acertado e hiriente a la vez, "es tu mente de colonia en progreso", me decías, mientras acariciabas tu negra barba filosóficamente. No es la imbecilidad lo que tortura, es el atrevimiento. Te acuerdas como solías tener opinión de hasta lo que desconocías por completo. Con ingenio sabías tejer tu ignorancia con una verborrea que sonaba convincente. Era tu voz, tu terrible voz, el instrumento de seducción apagada que manejabas con la facilidad del que conoce el poder de acariciar el aire silente. Y luego el asedio. Extendías tus brazos como si invitaras a una comunión sacerdotal. Acércate, acércate, que te deseo, decías con tu cuerpo de silencio en llamas. Conocía al felino que sigilosamente se desliza hacia el acecho, el jugar con tus piernas, el no saber qué hacer con ellas, porque sabías que estaban hechas para el salto, para arropar la vida, asegurarla en un solo lazo.

Difícil es amar el desconocido que te examina y se presiente en la invasión desorbitada, "oye, te atreves a descubrir mi rutina de cada mañana y la descifras de su engaño perfecto, ¿qué buscas con la intervención de mis sueños? ¿Qué empeño tienes de sentirte prisionero en mis pesadillas?" El Segismundo atolondrado de nuestro tiempo. Sólo eso me faltaba, no me bastaba con vivir en un país de encerrona que nos detestaba y ahora el absurdo, estar ilusionado de un tipo que no se cree de carne y hueso. Un alejado de su concepto. Un estoy presente y no es por ti. Y andas muy cuerdo, porque coordinas tu vida sin desarreglos. Trabajas como Juan Pedro de su casa, conoces el ir y devenir de tu país alocado. Y ahora estoy en un laberinto de espejos fragmentados, tratando de reconstruir el delirio que descubrí en ti. De comprender cómo fue que comenzó la falsedad. De cómo se tejió la pesadilla de la mentira.

La primera tarde fue una de nervios, como las primeras tardes de amor. El encuentro se dio de manera fugaz. Ocurrió en la velada inhóspita en que se celebraba una retrospectiva de no sé qué cine torturador. De las películas existencialistas que desordenan la fragilidad humana y la convierte en una telaraña de cristales. El encuentro se encaminaba hacia lo peor, hasta el barrenador Buñuel resultó nocivo con la Viridiana complicada como nunca. A la salida los cuerpos se aglomeraban como ganado vacuno buscando muerte segura. Desesperados, se disputaban el pequeño espacio del protocolo, ganado que toma vino francés y habla de buen cine. Acaso no sería nuestra función sin orden, una manada de seudo intelectuales pretendiendo ser expertos en cinta extranjera, cuando en realidad nos estábamos examinando para ver cuál se dejaba pescar.

Con el aburrimiento, mi mirada indiscreta se fue de paseo y se acomodó en un cabello oscuro que rabiaba en su profundidad azul. Examiné y estudié sus hondas cuidadosamente. Me sentía satisfecho en la observación detallada. Seguro de mi curiosidad desapercibida por los presentes, continué analizando minuciosamente los músculos del cuello de la criatura que me pareció estar ausente. Iba indagando cada cabello, cada fibra de su piel, cuando de repente mi acompañante a la velada me sacó del equilibrio seguro, de mi planeada indiscreción a una inoportuna presentación sin estrategia alguna, - . . . quiero que conozcas a un colega de la facultad.- Asentaste con tu cabeza enorme, deforme, movimiento propicio, pensé entonces, de la concurrencia de rebaño que éramos en la noche del largometraje. Ofreciste una de las miradas llenas de vacíos que no se aciertan a entender. Desde entonces siempre te vi con los ojos del pasado, transcurriéndose en los años. Inmediatamente giraste tu cuerpo y sólo tu espalda huesuda fue mi compañía.

En la noche del encuentro, como muy pocas noches que le siguieron, te deslizaste en mi sueño. Lograste entrar en las rendijas de la somnolencia que vienen con el rendimiento y el cansancio. En el devaneo estaban entre rayos y tinieblas anunciándome en la modorra, en la maraña del presagio, las verdades que luego viviría en carne propia. *Va amaneciendo, el sol violeta se dibuja en los cristales del ventanal. Tu cabellera sigue rabiando en lo que queda de la noche. Tus carnosos tentáculos se cuelan por las frazadas repetitivamente. Son largos, es el nuevo engaño, son copiosos, dadivosos. Se siente la sutileza del pianista ensayando en una espalda afónica el Rachmaninov desperdiciado. "¿Logré despertarte? No eran las intenciones . . . " Un cuerpo amontonado se estira del letargo amoroso para presentar su sexo en defensa, "que mucho se te puede ir queriendo, no pretendo vivir la mentira para siempre, sabré cómo enfrentarme a la gente, seré valiente, te lo juro". Ir queriendo el cuerpo esbelto que se esparce en borbotones de fuerzas lácteas. Ahogarse en el éxtasis de no terminar el viaje al placer. La desfachatez de su persona. Desamar su constante deseo de no exponerse a lo vulgar de la inquisición ajena que irrumpe con puñetazos vocativos, "no me conviertas en materia de conversación absurda, no hay porque mantenerlos informados de lo que somos o no somos". Adorar los hermosos ojos negros de furia cotidiana, "¿no te cansas del sufrimiento que te causo?" Ir amando el silencio diluido en intervalos de palabras. El no estar ausente, pero el creérselo porque es su momento de espera, "no me hables, no estoy, no me siento que estoy, en este país de locos nunca se está". Ir amando. La sombra de sus pestañas sin coordenadas. Ir amando. La poesía autómata que se pierde en sus labios. Ir amando. A Rachmaninov nostálgico en su espalda de piel sonora. Ir amando la estrechez que interpone en el camino, "déjame en mi espacio libre, no ves que te vuelves sombra de mi sombra". Amando el pensamiento acosado sin esquinas que lo eximan. Ir con las cuerdas metálicas incrustadas en su pensamiento, "no comprendo a Debussy, está muy lejano, - y menos te comprendo a ti". Ir amando, ir amando la imbecilidad que no es tortura, sino atrevimiento, y descubres que has creado el futuro en la maraña de un sueño vivido, y que al llegar el día te espera la rutina de crear el indiscreto encanto. La mentira en la que te tienes que envolver para subsistir en el país de las homofobias con sus reyes machos.* Despierto del sueño como quien sale de un letargo profundo y oceánico. Un amargo sabor queda en la boca. La modorra se volverá concreta o desaparecerá por completo. Lo sientes. Lo sabes.

El colega se acordó de mi escrutinio en la velada del cine y se las arregló para invitarme a un segundo encuentro con el desconocido. Meses trascurrieron cuando recibí una invitación a una cena conmemorativa. Los demonios y los sueños habían creado una ilusión de tu persona. Ahora sería cuestión de reinventarme, de revelar un poco el hombre que creíste haber conocido en el momento donde nos temíamos. La ocasión se prestaba para revelar una tradición que se daba en mi familia, de comenzar la rutina estética del aprecio y desaprecio aprendida de mis padres, "de casa no sales en tal facha, mírate cinco veces en el espejo, para que tenemos espejos en la casa, no eduqué hijos para ser el hazme reír del vecindario". Mi madre no se cansaba de recordarnos la importancia de la primera mirada, del primer encuentro de luz. Para ella la vivencia se conjugaba en la observación de un instante, en el recuerdo de un segundo. En el país de los villorrios se te concedía un solo minuto.

Bueno madre me tienes ante el espejo y te necesito desesperadamente para ver mis defectos, para que me los señales como siempre has hecho. No logro traspasar el cristal, el humo gris que supuestamente oculta un encanto que sé que no poseo. Y mi madre se hace presente, siempre está presente, y siento que su voz se filtra por los átomos del transparente lienzo,

-Querido hijo, te vas cortando la melena porque nunca luciste buena cara de bohemio. Cortito para ver tus grandes ojos negros, para que cautives con la tristeza inherente de tus abuelos. Permite que te crezca el bigote mediterráneo, no puedes prescindir de él, es de lo poco que posees que acentúa tu virilidad. Vives en el país de los machos, ¿no te acuerdas? Tomarás un largo baño caliente para borrar tus arrugas de cansancio sostenido y prepararás tu piel para el afeite. Te acuerdas cómo tu abuelo manipulaba la navaja, un maestro diestro, sacaba lozanía de su piel como tú habrás de hacerlo. Te vas poniendo un poco de colonia, no de la gringa porque no va con la química de tu epidermis, de la española, que te hemos recordado mil veces de tu herencia castellana. Ahora te me vas vistiendo de blanco para que vayas con la bendición de Yemayá, lentito, prestando luz a tu cuerpo, radiación del alba diría tu tía guayamense que se conocía cuanto hechizo santero existía en el pueblo del sur. Invócate a los espíritus y para el amor estás listo, vas con la bendición de tus antepasados.- En el sueño quedaba mamá, en la memoria, en el recuerdo de mis ritos. Iniciado en ceremonias que sólo el pasado conocía.

Los pasos de mi ser re-bautizado me llevan a la velada, a la invitación. Entre la muchedumbre busco al Rachmaninov en letargo que creo haber inventado. La experiencia se vuelve la expectativa del momento. Cómo es que me he permitido nadar en el marasmo ilógico, en la obsesión alocada de renombrar tu pasado. Encuentro por fin el cabello que rabiaba de luz azul, pero descubro el reino de la nada. Con la deformidad de su enorme cabeza, él me asienta un sí, un acércate, un atrévete que nadie nos ve, y mi piel se llena de un silencio, de un silencio que no comprende. En su mirada encuentras la ceguedad de un vacío, un vacío que habías visto en sueños. En mi boca se forma la palabra en blanco. He conocido por fin el triste dilema de la sordera encendida, la conocida mentira de su indiscreto encanto, de nuestro indiscreto encanto.

PRIMERA COMUNIÓN

Mis padres se conocieron en Nueva York, en uno de los miles de éxodos que se dieron por los años cincuenta. Al rememorar su boda cuando lució hermosa como una novia nívea su calzado diáfano de desposada, aún se acuerda de sus primeros zapatos, blancos por cierto, los cuales no estrenó hasta la primera comunión que hizo a escondidas del abuelo. Fue un elaborado complot planeado por la tía abuela y su comadre. Ellas como apostólicas y buenas católicas se habían propuesto salvar a la sobrina de las garras del demonio. El demonio que según ellas, poseía la seducción totalizadora del pecado, especialmente si una es mujer, débil y en cadenas. "No, nena, de que la haces, la haces, como que me llamo Herminia y soy tu tía. Avíspate viejo tacaño que vamos como abejas en panal. A la niña la catolizo yo como que tengo los pies sobre la tierra."

La tía y su comadre como expertas hagiógrafas de pueblo chico, se encomendaron a San Tarcisio, Patrono de la Primera Comunión, para que el santo fuera abriendo caminos de luz para la futura hija de la eucaristía, "San Tarcisio de influencia y misericordia, con tu sacrificio lograste triunfar sobre las torturas de los perros rabiosos. Ayúdanos, al celebrar el triunfo de tus actos, a sobreponernos a los engaños de nuestros enemigos. Sácame el viejo terco del camino." Tarcisio sí que se las sabía. El bienaventurado era experto en sacras conspiraciones. Como niño mártir murió protegiendo la Santa Hostia. Un día iba muy campante el Santo caminando por las calles de la Roma antigua cuando de repente le cerraron el paso unos paganos de mala estirpe. Al descubrir que llevaba a Jesús Sacramentado, los malvados le atacaron con palos y piedras hasta que murió. Cuando voltearon su cuerpo, los hombres rabiosos no pudieron hallar trazas del Santísimo Sacramento. Tarcisio lo había protegido hasta el final. A mamá le encantaba escuchar el relato, porque al igual que el niño mártir ella lo haría todo hasta la muerte para lograr su primera comunión. Las tres mujeres se concentraron en oración y le pidieron al Santo que quitara cualquier obstáculo que el viejo ateo pudiera poner.

Cada vez que el abuelo soltaba unos centavos para la compra de los cuadernos, las comadres se aprovechaban y ahorraban un poco para los zapatos de la divina unión. Aflojar dinero ocurría a regañadientes. El disgusto de tener que soltar unos céntimos lo enfurecía. "A quién en su sano juicio se le ocurre educar a una jíbara, a una campesina de tierra adentro, que luego se va a fugar con el primer pelagatos que se le presente. Pero es la única hija y hay que hacer el intento, y si no trato se me echa el mundo de mujeres locas encima. Tenga pues un peso y que le dure el año completo y el próximo si puede."

Mamá por su parte poseía la destacada fama en el barrio de ser la mejor pregonera y mandadera. Los mandados eran de efectuarse rápidamente y los chismes de contarlos documentados y detallados. Era diestra mensajera, reportera de partos, asesinatos, malpartos y muertos. "Ayer Chencha murió de tuberculosis. Quedó como tiza en polvo. María Isabel no amaneció en casa. Se la llevó José González, favor que le hacía por fea. A Papo le dieron un tajo en la cara por borrachón y mujeriego. A Maritza se le secaron las tetas y todavía le queda el de dos meses. Le traigo el café que me pidió, pa'mi que no huele fresco." Sus pregones gustaban por ser verídicos y por llevar la opinión personal que la caracterizaba de ser la mejor. Cada palabra engordaba la alcancía de los zapatos blancos que la llevarían a su primera y suprema unión donde por fin podría lucir su atuendo albo.

El día llegaría en que podría llevar calzado que luciría lindamente con el vestido prestado de su prima Ani. La prima hermana que poseía atuendo completo: unos zapatos para la escuela, los de a diario y los espectaculares para ir al pueblo los domingos de fiestas. El pacto del secreto era de suma importancia, que no se enterara nadie de la primera comunión, porque la paliza se la llevaba ella por mentirosa y atrevida. Para qué sirve una primera comunión si no es para gastar dinero, y bastante se va con lo de la escuela. Al menos en ello radicaba el raciocinio del abuelo. Mil gracias les daba al cielo y a la escuela por las tareas, las asignaciones sin fin, la cantidad de fechas bobas y nombres raros que aprenderse, "Más-mejor, lo enredo y lo cuelo con lo que necesito memorizar de la iglesia." Era la única manera de embotellarse el catecismo oculto sin que el abuelo la descubriese, tejiendo y destejiendo la verdad, "Padre nuestro que estás en París, capital de Francia, santificado sea Simón Bolívar, general de América y dos por dos son cuatro porque la santísima virgen parió al niño Jesús que fue cuando Colón descubrió a Puerto Rico en el nombre del Padre, del Hijo y I am, you are, he is y los apóstoles son Pedro, Juan . . ."

-¿De qué Juan tú hablas nena?

-Del que nos fundó en San Juan, tú sabes, el león, el Juan Ponce de León.

-¿Y para qué te sirven los embelecos que aprendes nena?

-Pa' saber más.

Sabiendo sin querer saber llegó la fecha esperada: el día de su gran primera comunión. A estrenar zapatos nuevos. A iniciarse en el mundo del cuero apretado. A caminar como la gente manda. ¿Cómo se sentiría la nueva experiencia de caminar con zapatos? ¿Sería suave como los pétalos de las rosas que cultivaba titi Inés o hincoso como las púas de la cerca vecina? Su prima Ani ni chistaba, ni contaba, "el día que te los pongas me dices, ahora no oigo, no hablo, no veo, no te cuento. Recuerda el pacto del secreto." Mi madre no veía llegar el día de probar su primer calzado.

Habría que usar la imaginación y resultaba una experta en el terreno de la fantasía. "No lo dudo: seré alta por los tacones y quién sabe si hasta bonita por lo del color. Se fijará en mí José Manuel, el lindo, porque del tuerto me libre Dios." La verdad habría de saberse en un par de horas. Ahora era cuestión de llegar hasta la casa de titi Herminia para vestirse y desfilar como niña novia con el piojoso de Chucho que le tocó. Protestó mil veces con muecas y señas, pero el viejo cura ni se fijó en la cara contorsionada de la futura novia primada del barrio. Su decisión fue irrevocable, la descalza con el piojoso.

Cuando llegó a la casa de los tíos secuaces vio la belleza nevada sobre la cama. Era para no creerse. Un regio vestido blanco bordado con florecillas puras que le gritaban no me toques que me ensucias. El vaporoso velo no tenía fin en su transparencia de nubes encantadas. Los calcetines eran fieles retratos del vestido embrujado, diminutos y delicados para no herir. Su mirada quedó en destello al ver los zapatos: rocío de la mañana, brillo de las quebradas al sol abierto. Eran una maravilla de luz. Cómo habría de ponerse el ajuar puro, el conjunto de sutilezas desconocidas. Su cuerpo jamás había conocido las delicadezas que sus ojos ahora presenciaban.

El dilema fue resuelto en menos de una hora. La tía abuela y su comadre se encargaron de la estética: a enjabonarla dos veces con el jabón predilecto de titi, el de Castilla, el que compró el mes pasado para el funeral del nene de Vitín. Restregaron la piel hasta que quedó como olivo tragado de luz. Luego le aceitaron el cabello con los bálsamos de titi Meche. Al final se le empolvaron las mejillas rematando con unas gotas de perfume de jazmines árabes. Quedó regia como novia de verano.

Al desfilar con Chucho el piojoso, las tías enorgullecidas, las titis adoradas de mi madre, se bebían las lágrimas, "Comáe por fin la catolizamos, gracias a San Tarcisio, ahora es cuestión de cuidarla, de educarla, de hacerla fuerte para el mundo de los hombres." El proteger a la niña no resultó ser el problema retador, como lo fue el intentar quitarle sus divinos y sagrados zapatos. Eran zapatos santificados, zapatos del milagro. "Que no voy a la escuela sin mis zapatos, que no piso la calle sin ellos, a dormir con mis divinos zapatos." De la experiencia nació la excesiva compulsión de mi madre de comprar calzado en múltiples estilos, diseños y colores. De contarlos y alinearlos por formas y usos, de observarlos detenidamente como buscando responder una incógnita, aclarar un enigma. Harta de cavilar y analizar, se aburre de ellos y termina incinerándolos en el día de Nuestra Señora de la Candelaria. A la distancia los ve convertirse en humo y una sonrisa se dibuja en su rostro como si por fin lograra una purificación en el fuego, en las llamas.

NENA, NENA DE MI CORAZÓN

Y si alguna vez oyes mi voz
que te confiesa lo que siente
Dime si te cuentan que yo digo
que no hay nadie como tú
Es que vivo un mundo de ilusiones
lleno de mentiras y fantasías
y esa dulce voz que simplemente
simplemente es una ilusión

bolero

Primera crónica, un romántico zarpa de Cuba

Cuando cierro los ojos puedo sentir el palpitar de tu corazón, lejano y recogido como un lago en sosiego. Tu corazón inmenso y diminuto incrustado en la memoria de mi piel. Al principio pensé que simplemente fue una ilusión, una dulce fantasía, como el bolero que luego me susurrabas al oído. En el pozo inverosímil del recuerdo intento rescatar el terrible mal que sembré con el más profundo amor que por ti sentí. Al salir de Pinar del Río llevaba tu nombre en el pensamiento. Poco conocía de la isla que llamaban Borinquen, me la figuraba lejana y sola como un peñasco perdido en una tormenta. Sin embargo, no se me podía quitar la sonoridad que llevaba el nombre, un murmullo incesante que se te mete por dentro como si fuera un gran lamento que no logras callar. Sí, un designio me habría de esperar en la isla de lluvias interminables que no cesaba de proclamar tu nombre. Tu nombre que me llegaba como un aguacero que no dimite, tu nombre que no se acababa de definir en mis labios de guajiro pescador.

Sabía que el mar de las antillas nos cubría de sal y que desde el pequeño y olvidado pueblo de San Cristóbal podría sentir la distante cercanía de tu playa puertorriqueña. El Golfo de Batabanó se cubría de chubascos y como en un diluvio lírico me recordaba el deletreo de tu nombre innombrable. Una sonoridad vocálica ausente de consonantes se descifraba en la mente. Como un misterio que no acierta su propia suerte te buscaba en la dicción del viento, en la callada cacofonía del trueno, en la impensada luz de la mañana. No era capaz de pronunciar tu nombre que se encadenaba a las fibras del cerebro. Eras simplemente una mujer que el destino te depara, pero que la crueldad del momento te amarra a su yugo como una hoguera encendida.

El día que salí remando de la Ensenada de Cortés me figuraba que el mar abierto me llevaría al litoral sanjuanero. Así de ingenuo era. Así de fuerte, diestro y osado me creía. Yo muy convencido, calculaba y estimaba en mis previsiones de cartógrafo novato, que siguiendo el perfil del archipiélago cubano me llevaría a Hispaniola para dar por fin con la costa de Ceiba, ubicada al extremo este de la isla. Pero el sondeo del mar caribeño se cartografió con el golfo mexicano. Llanamente hablando, las aguas no me dieron cartas en el asunto. De esta manera la ruta se tornó equívoca, completamente errada. Con el atropello de oleaje y marea, la barca se encaminó a un puerto desconocido que luego en mi ignorancia descubrí como el embarcadero veracruzano.

Los días que estuve en el mar no fueron fáciles. Las mañanas se cocinaban en una caldera de manteca y las noches me las pasaba en remojo de chubascos salitrados. La poca agua potable que quedaba se evaporaba en el aire como un sueño de fantasmas. Y el miedo, el terrible miedo de no encontrarte en los mares del odio y la muerte, se fraguaba en la desesperación de mis nervios. En la lejanía de un horizonte perdido evocaba a la Caridad del Cobre para ver si sus desesperados pescadores me tendían la red de la salvación. El manto azul de la madre se translucía en las estelas del mar y en la nitidez del cielo.

La noche se cubría de estrellas y en cada una se deslumbraba el alma que sólo pensaba como la distancia de distancias podría ser allegada a los ojos. Entre noche y día se colocaba la esperanza de que el puerto de San Juan llegaría a la vista como una gran fruta lista para ser apetecida. En cambio, las corrientes se oscurecían para convertirse en un negro pastoso, en una serpiente estranguladora que te devora y te cuece en sus entrañas. El hambre apretaba y la sed arruinaba la garganta que como una gran bola en el centro del cuello estallaba de sequedad. El exceso de agua que no sirve para nada, excepto para hacerte sufrir y darte una fallida esperanza.

Segunda crónica, un desesperado naufraga en México

La noche y la barca te arrullan con un vaivén que te pone a soñar. Delicioso el sueño que soñé donde tu cuerpo se acercaba al mío, tibio como un tamal recién hecho. Tus senos elásticos y moldeables al puño de mi mano que con ternura descubren la transparencia de tu piel. La curva de tu cadera que invita a palpar el suave muslo donde se oculta la apertura del triángulo prohibido. El contorno de las nalgas que recuerda las colinas de Santiago, duras y omnipotentes con un respingo que anuncia una presencia devastadora. Tu vientre firme de mujer brava que invita al placer de lo desconocido con una lentitud provocadora en sosiego. Qué rico se te siente cerca en el sueño de sueños donde lo creado, lo inventado, es un raro espejismo de la verdad ilusionada.

Sientes los pantalones mojados en el epicentro y crees haber llegado al éxtasis, al dulce arrebato de haberla poseído, pero la descarada realidad te anuncia que se va hundiendo la barca y que el agua te llega a la cintura. Desesperado te tiras al mar a nadar como un loco para salvar la quimera, para salvarte de la muerte que a tu lado duerme. Coño, nado con la rabia del mundo, porque soy pescador y soy pez y el mar no se va a quedar conmigo. Papá me enseñó a nadar como un delfín y no seré sacrificio para este mar de mierda. Nado porque no quiero morir, porque ella no quiere que yo muera, porque me cago en el universo de la vida, que no quiero morir. El pecho se cansa, pero hay que sacar pulmón, el aire falta y el agua sobra, pero hay que sacar pulmón, hay que sacar pulmón de donde no hay. Nada coño, que puedes ver la costa, el faro, el morro. Nada, que sólo estás contigo mismo, sólo te tienes a ti y el deseo que tienes de vivir. Nada coño.

Por fin llego a la orilla y veo el cielo abrirse en dos. Rendido, descanso sobre la arena que se anuncia como un rescoldo. Nunca pensé que se sintiera deleitosa una arena sucia y negra, manchada de petróleo. Busco anidarme en ella como un pájaro herido. Los brazos los extiendo pidiendo un auxilio, una migaja de socorro. Caduco las pocas fuerzas que me restan y me entrego a una modorra insondable. Cuando despierto, unos ojos grandes, oblicuos y morenos me miran con deslumbramiento. No es Puerto Rico, no es la isla de Vieques, pero es la vida.

Atravesar el territorio mexicano no fue fácil. La aspereza y la austeridad de la superficie me impedía que llegara a la frontera. Los campesinos me señalaban el norte como la solución para salir del país. Había que trabajar día y noche para dar con un poco de alimento. La travesía era romperse el lomo como un sometido y caminar incesantemente para adelantar el paso. Qué país enorme, cuándo termina su extensión, cuándo comienza su principio. No avanzo y me estanco, más fácil fue remar hasta aquí, más fácil fue nadar en el golfo de los sargazos estranguladores. Las señoras me acogen en sus senos, me acarician con sus labios sutiles. Alguna lástima me tendrán. Pobre antillano, flaco, triste, desprovisto de afecto, perdido por el mundo. Qué pena lleva en los ojos. Ni el cariño, ni la cama que le damos cura la nostalgia de romántico triste que lleva por dentro.

Los días se fueron acortando y las noches se hicieron menos largas. Los cuates me dieron las buenas nuevas asegurándome que el linde de los países se acercaba. La tarde que llegué a la frontera te sentía cerca, la esperanza se había remozado. Cuando el alma se enamora, los pies se desesperan. A paso aligerado crucé el puente para encontrarme con una inmensidad de tierra que me bajó el optimismo al suelo. Ante mis ojos se dibujaba un desierto largo y seco donde el cactus monstruoso te desafiaría con sus espinas. Ni el horizonte se presentía.

Tercera crónica, navegando por las arenas del desierto

Cuando se viene de una isla lo que siempre se extraña es el agua. El agua azul que te baña por las cuatro partes y que te llega hasta el tuétano de los huesos. Nena, cuando de ti me enamoré sabía que el agua te bautizaba, pero poco me imaginaba que tenía que cruzar la tierra del mundo para llegar hasta ti. Como buen sensiblero pensé en la bobada que desde mi isla hasta tu isla sólo había amor, pero luego fui llegando a la conclusión de que posiblemente no era un delicado enamorado sino un simple iluso, un simple pendejo que le dio por inventarse un amor que en concreto no existía. Pero como el mundo está hecho de pendejos, un sobrante discurrí no podía empeorar la situación del planeta. Con tal raciocinio pusilánime sentencié pisar las tierras yermas que me esperaban.

Los dos vastos países se besan con un gran desierto, con un desierto que nunca termina. Con razón no se entienden. Ni un solo río, ni un bosque, ni un oasis que suavice el trato entre las dos fronteras. Me siento como el pobre Cabeza de Vaca que camina, camina y camina por arenas inhóspitas y no ve otra visión que la extensión de un desierto que no termina. La arena curte el alma y extraerle una sonrisa a la gente de los dos lados es como sacarle el agua al coco con las manos. Imposible caballero, imposible.

Al paso la arena se va convirtiendo en una tierra roja teñida de puntos negros. Por fin aparecen los sembradíos y algo podré hacer para llenarme la panza que la llevo gritando de hambre. Recojo naranjas y toronjas en Texas donde los meses se me hacen imposiblemente largos. Luego me traslado a Luisiana para la cosecha del algodón y el arroz. Continuo la recolección de algodón en Misisipí y parece que la fibra se da en abundancia por las tierras del sur, porque me tocó recoger más algodón en Alabama. En Georgia a pizcar melocotones, en las Carolinas, especialmente en la Carolina del Sur me enterré en los lodazales para sembrar arroz. Cuando llegamos a Virginia, a la Virginia fragante, el lugar se acurrucó en mi corazón, los valles de tabaco no terminaban, me recordó a Pinar del Río con las inmensas llanuras de la gran hoja verde. Gustazo sí que me di fumando el mentado cigarrillo virginiano hasta el punto que no dejé el vicio hasta muchas décadas después. Por tu amor, por tu inmenso amor que algunos me lo acusan de cursi y hasta de ser memo, un sentimiento de mentecatos.

La tropa de compañeros con quien venía pizcando y sembrando desde Texas se despidieron en Pensilvania. Me indicaron que de aquel punto en adelante no había nada que hacer para ellos, pero que siguiera hacia el norte, que por dichos rumbos habría de encontrarme con puertorriqueños y quién sabe hasta con la mentada de la que no parabas de soñar, la quimera inventada de la cual te consideraban un poco loco. Mira y que enamorarse de una persona que ni siquiera conoce, sólo a un campesino guajiro se le ocurre. Pero tú venías anunciada por los caracoles en presagio que tu madre pinareña había escuchado. Tus once hermanas la habían visto en sueños turbulentos. Hasta la suprema Yemayá en sus visiones rojas te susurraba al oído el olor a ajo y pimienta que tenías que buscar. Las trece sacerdotisas te señalaban la senda.

El camionero que te hizo el favor de llevarte hasta Nueva York venía hablando de su familia, de cuanto la extrañaba y como una mujer buena vale por dos. Y tu venías pensando en naranjas, toronjas y melocotones que habías recogido cuando de repente se presentó ante tus ojos la gran manzana. Caballero, alabao sean los santos, que cosa más grande. Nunca habías visto una monstruosidad como la que se dibujaba en tu mirada. El cuello te dolía de torcerlo para ver donde terminaba la altura de los edificios. Qué maravilla encantada. Y por fin el agua, ahí lo tienes te dijo el camionero, tú querías agua, para ti el gigantesco Hudson que te lleva a los mares del mundo.

La ciudad gris del mundo te daba su bienvenida. Ruido, masas de gentes, gritería, una prisa de llegar quién sabe a donde, un torbellino de tiendas, un huracán de restaurantes y miles de rostros diferentes y lenguas diferentes. Por primera vez sentiste un gran miedo, un miedo cercano a la muerte. Una algarabía de gente y tú sin poder hablar sus lenguas o el inglés. Eran iguales y a la vez diferentes. La gran urbe te tragaba como un enorme monstruo que devora seres humanos y luego los escupe con su gran lengua de fuego.

Cuarta crónica, cuando las islas se anuncian

Se rumoraba que los puertorriqueños vivían en la parte baja de Manhattan, conocida como el Lower East Side o como los nativos apodaron cariñosamente, la Loisada. Hacia la ciudad de las avenidas alfabetizadas te disparaste como una flecha tomando autobuses, haciendo señales, descendiendo en el metro, perdiéndote en las calles, saliendo por los callejones, montándote en el ferry, llegando a Staten Island, regresando en el transbordador, caminando seis millas, terriblemente extraviado, pidiendo auxilio, estoy perdido coño, Nueva York es la selva de cemento y de aquí no salgo. Por fin un ecuatoriano te vio la cara de descarriado y en gesto de hermandad latina te llevó hasta el barrio del puente Williamsburg donde se habían anidado los puertorriqueños junto a los judíos cerca de la avenida Delancey.

Definitivamente que habías llegado a boricualand. Las alcapurrias friéndose lentamente en el espesor de la grasa perfumaban el aire con olor a aceitunas y alcaparrado. En la distancia se distinguía el aroma de arroz con habichuelas y chuletas fritas. El sofrito, el recaito, el aceite de oliva. El mejunje de la sabrosura. Morcillas, carne de puerco, pasteles de yuca y plátano, mofongo, asopao de pollo, arroz con gandules, cuajito, y el mejunje de la sabrosura. Qué es esto, caballero. Las narices nunca pierden el catar de la cocina criolla. Qué castigo, qué pena y tú sin un kilo en que caerte muerto. Como perro sarnoso, el olfato te lleva a la vitrina donde está la comida en despliegue. Carne guisada, arroz blanco y tostones, especial del día. Qué cosa más grande, por qué te hacen sufrir, te preguntas. Guarapo, mabí, jugo de piña, casquitos de guayaba con queso blanco, flan, café con leche. El desdoblamiento de la cocina caribeña a tus ojos.

Cuando la pena se acrecienta, el bálsamo llega, siempre llega cuando menos se espera. A la distancia te observaba ella, desde el reino de su cocina, desde el imperio de su cebolla, desde el castillo de sus aromas. Arropada en su manto de fragancias se acercó a ti sabiendo que tú eras él, sí definitivamente eras él, el prefigurado romántico que también le venía rondando los sueños. Ella experta en reconocer muertos de hambre sin un céntimo, supo como no herir tu orgullo de macho puesto. Aquí se come rico y el primer plato no se cobra, cortesía de la casa. Te sientas como un sonámbulo y sin mirarla fijamente, el orgullo, el odioso orgullo no te lo permite, te pones a comer como si no hubieses comido en siglos. Se apodera de ti un enorme placer que sientes en el cuerpo. Ella te mira, se miran y se reconocen en el azul de tus ojos.

El primer beso se lo dieron cerca de la estufa. Un besito caliente y dulce, besitos de coco que te encienden el rabo pero que te dicen cuidado que soy decente. Un besito suave, provocador, un beso que te dice yo quiero y exijo sortija de compromiso con los debidos hierros. Su olor a ajo y a pimienta te reiteraba que sí, que era ella, la mentada de los sueños, la presagiada por Yemayá. Tu pecho rozando sus senos te hacían sentir el mismo éxtasis del naufragio. Caballero, qué cosa, no hay nada como un hombre y una mujer que se quieren intensamente sobre el planeta. Los brazos te tiemblan y si fuera por lo que sientes te la comerías al mismo frente de los comensales, testigos del infinito amor.

Pero sus ojos, sus ojos transparentes, te hablan de una verdad pura, una confirmación, una unión sincera. Yo seré la madre de tus hijos, la que establecerá el gran matriarcado de amor entre tu isla y mi isla. Yo seré la que eternamente te recordará que las islas siempre se anuncian. El mundo como lo conocías se te quiebra a sus pies. Te has rendido. Cómo te fui queriendo, nena, nena de mi corazón.

Crónica final, cuando se quiere de veras

El día que nos casamos te juré fidelidad hasta la muerte. Como cada hombre de mi familia, en la ceremonia me emocioné con el altar, el vestido blanco, el cura, los padrinos, las flores y la magia del momento. Te imaginaba llegando virgen y pura al tálamo como una casta Caridad del Cobre. Buenas siempre fueron mis intenciones, pero erradas mis acciones. Tanto te quería y te quiero que te mentí sin desearlo. Yo sabía quien yo era y tú la pobrecita ni te lo imaginabas, ni ápice de idea tenías en lo que te metías. El potro salvaje que venía nadando desde Cuba, traía su historia. Crucé golfo, desiertos, pantanos, valles y montañas para llegar hasta ti con una mentira vedada, con una mentira que ni yo mismo deseaba confrontar. Yo soy el que eternamente te adora, el romántico romanticón de mierda que te quiere, pero el que siempre supo desde un principio que jamás te sería fiel. Yo loco de amor por ti, y loco por entrarle a otras faldas.

Tú la catedral y ellas las capillas. Y tú, ¿por qué no entiendes? Tú, el honor de ser la madre de mis hijos y las cortejas, meras cortejas, meras pajitas al aire. Tú, la amada señora del hogar, la virtuosa, la que lleva mi apellido y ellas unas cueros que me apetecen el gusto bestial que no logro controlar. Tú, la amada esposa, la siempre fiel, la aguanta lo todo, la abnegada, la sacrificada, así te quiero yo, así se quiere de veras. Y eso, ¿por qué no se entiende? ¿Seré irracional?

Sugar, la primera, fue una probadita, una tentación de primera entrada, azuquita no duró mucho, estaba rica pero de poca cosa. Lidia, imagínate rubia, no la podía dejar pasar. En la cama se ponía a hacer morisquetas y me divertí con ella por un rato. Güané, la del culo grande, era una diosa india y me envició con los besos de lengua profunda a la francesa. No, te digo que nunca tuve la culpa. Fueron ellas, siempre ellas. Las otras nenas. Es que las mujeres se las traen para engatusarte. Yo siempre te quise ser fiel como te lo prometí el día de nuestra boda. Pero Vita sabía que yo era débil, se dio cuenta desde el momento en que me echó el ojo, es que los hombres somos unos débiles, unos imbéciles y ustedes son las fuertes y ella se aprovechó de mi debilidad y se metió en nuestra cama como una loca salvaje a darme tú sabes qué, y yo pobrecito, es que soy hombre y no puedo aguantarme. Y cuando apareció Rosa María en mi vida tú estabas preñada, infladita, y como que no querías hacer el amor y estabas cansada y nosotros los hombres tenemos nuestras necesidades, tú sabes, es como comer, es indispensable. Luego lo de Maritza, Altagracia, Teresa y Juana, no fue de mucha importancia, aventuras pasajeras, un apuro del momento. Y las otras, las otras nenas, las más recientes, fueron unas canitas al aire, eso de que me estoy poniendo viejo y para no perder la práctica. ¿Por qué no me comprendes?

Yo por ti pasé hambres, naufragué en los mares, recogí tomates y hasta pasé frío. La muerte la tuve de cerca ahogándome en las garras del golfo mexicano. Y te mantuve viva en mis sueños, siempre viva, nunca desamparé la idea de encontrarte, de hacerte mía. ¿Acaso el infortunio no cuenta? Y con esa moneda me pagas, me tiras como un trapo viejo después que te quise y te sigo queriendo en mi demencia. Te soñé, te viví en el pensamiento, te coloqué en un pedestal de una reina, de una santa. Te busqué como un loco en un torbellino de tierras y ciudades extrañas para sentir el milagro de tu piel. La suavidad de tu tacto que me acaricia la memoria, que me deja como atontado de amor. Tú la innombrable, la innegable, la prefigurada de mi vida, nena, nena de mi corazón.

SAN ZAPATACÓN

El día que llegaron los zapatacones al barrio, el río crecía y el lodazal se espesaba con la tormenta. No había manera de cruzar la corriente. El hilo de agua que solía servir de fuentecilla para los pájaros se había vuelto un gigante poderoso que llegaba hasta las rodillas y prometía volverse una vorágine en cuestión de horas. Los vecinos de la comarca se aprovechaban de la crecida para abrir los pozos muros permitiendo que el excremento de la barriada descendiera con el río bravo. Tormenta, lodazal y aguas negras no impidieron la llegada del calzado de la maravilla. Los señores zapatacones no desistían en su caminar, venían para quedarse. Fueron anunciados con bombos y platillos. El televisor multicolor que también hacía su debut se las arreglaba para que cada hogar tuviese una clara idea de los señores zapatos y su máxima importancia en el existir terráqueo. Cada mujer tendría que ser informada del evento.

-No señoras, no señoritas, no, que no, que no se deje ver sin sus zapatacones. Luzca su pie, su pierna, su muslo, su cuerpo. Usted toda será bella con las cinco pulgadas que le da el zapatacón. Sea esbelta, elegante, usted sea la atracción de la fiesta, la envidia de sus amigas, la que lleva el zapatacón en su casa.

Cuesta arriba iba el zapatacón multicolor diamantino que no conocía de lodazales ni de ríos tempestuosos tropicales en tormento. Ellos eran el último grito de la moda y como ensordecedor alarido telúrico habría de ser conocido en cada rincón apartado de la tierra. Su bella fisonomía contaba con un taco de cinco franjas, desprendiéndose del suelo en verde, seguido por el dorado, el violeta, el azul y culminando con el rojo, donde la pasión del calzado se dejaba manifestar. Cada color lograba exponerse en la exacta medida de una pulgada, expresando la justicia y la democracia que venían con la elevación humana. La justicia continuaba en la expansión del tacón cubriendo toda la base de la suela. La gran fiesta de color y orden veían su máximo esplendor en la parte superior del zapato donde un hermoso diamante multicolor reunía toda la gama reluciente de colores.

Con la estética deslumbrante del calzado te fuiste convenciendo poco a poco de que no podrías vivir sin tus zapatacones. No hablabas de cosa alguna que no fuera de cómo lucirías después de elevarte las cinco pulgadas. Por más que intentabas no lograbas concentrarte en la telenovela que diestramente te había atrapado el corazón. Tú que no te perdías ni un solo capítulo de tu amada telenovela donde gritabas, pataleabas y llorabas cada vez que veías la protagonista sufrir, ahora vivías solamente con la expectativa de que llegaran los comerciales del apreciado calzado, la elegancia imaginada que transformaría tu vida en un abrir y cerrar de ojos,

—No comadre, yo me los compro porque los compro, porque fíjese ser bajita no me conviene. Ayer en la fila ni oí cuando me llamaron pal cheque del gobierno. La primera que cogió su cheque iba tan entaconá que ni siquiera me fijé que era la Chepa de la 23.

Ibas derecha a invertir tu cheque en el arco iris de cuero que te había anunciado la tele. Sacarle el máximo provecho a la ayudita del gobierno era la obsesión que llevabas en la mente. A ver si te daban un descuento con un poco de regateo combinado con dulce artimaña femenina. De todas maneras ibas dispuesta a pagar el monto total, pero nada perdías con hacerte la fuerte, la regañadientes,

—Oiga ¿y por qué tan caros? Aquí le quitan a una un ojo de la cara. Ni que fueran de oro. Ni que los fuera a usar una reina. A ver, ¿cuánto le debo?

Esperando el autobús que no llegaba, no pudiste resistir la tentación y en la parada frente a una concurrencia que observaba el milagro te quitaste los zapatos viejos tirándolos a la basura, y a estrenar zapatos nuevos se ha dicho. Quedaste embriagada por la felicidad. Qué maravilla de mujer te habías convertido en un solo instante. Notaste cómo te admiraban las piernas unos chamacos que venían observando la transformación de tu persona. Estabas regia, tú misma no te conocías. El milagro se había hecho. Eras una dama portentosa que los hombres respetarían y las mujeres envidiarían. Ahora sí que vivías en grande. Ahora sí que habías alcanzado la gloria.

Cuando subiste al autobús sentiste la primera gotita caer sobre el zapatacón izquierdo. Qué desdicha, en este país de inundaciones siempre llueve o te asas del calor. Por qué cae tanta lluvia en este país de mierda. Por qué no llueve civilizadamente como en Suiza o Italia. Al llegar a tu parada el chubasco de agua y viento caía con rabia. A ver cómo te las ingenias para descender por la pendiente. Lo importante es proceder con elegancia. Cuesta abajo vas con los zapatacones de los tiempos gloriosos. Harto peligroso bajando porque el equilibrio te traiciona. Les pides a las Siete Potencias que te libren del mal que te aqueja. ¿Cómo fue que quedaste encaramada y suspendida en el tiempo? Hasta hace poco tu caminar resultaba normal, accesible y ahora vas embarrada en fango como cerdito en su hora de jolgorio. ¿Cómo fue el rápido descenso? Te miras la falda, y te preguntas de dónde salió el quintal de lodo, pobrecita vas pensando cómo le hago y la modelo de la tele cómo salió del contratiempo,

—Aquí todas seremos altas y fabulosas, se lo digo yo, Marilú Majaret. Calidad, distinción, seguridad, es lo que usted quiere de la vida. Aprenda a vivir en grande desde su zapatacón. Aprenda a vivir como las bellas modelos del mundo. Súbase al zapatacón de la felicidad.

No habrá manera de cruzar el río con los zapatos puestos. De todos los milagrosos días por qué tuvo que llover hoy, día de San Zapatacón del Camino. Santo de las grandes alturas, trocador de almas en martirio, proveedor de sueños y grandeza. Te los quitas y miras el desgraciado contraste entre el lodazal, la hierba y el hermoso color del tacón. A cruzar se ha dicho. Un piecito aquí y otro allí. Con mucha elegancia como la modelo, como Miss Latina USA, como Miss Universo. Santa Bárbara Bendita aquieta mi tormento. Recógete la falda que te va pesando, pon el talón sobre la piedra y la planta del pie en la parte clara del agua. San Benito Bienaventurado guíame el camino. Agarra la bolsa, mira que se te cae la media. Pero que fea me veo. Cómo se abre el cielo en lluvia. San Pedro de Macorís mándame fuerzas. No te muevas rápido mira que el agua es traicionera. Balancéate con el brazo izquierdo, pero cuídate del derecho. No, no, no te vayas a caer, que se te va el ahorro de los zapatos. Madre santísima purísima de las bóvedas celestiales que miedo, me muero. Me caigo, ay me caigo. Los zapatos. Se me fueron los zapatos. Dios santo los zapatos. El agua, el agua se los lleva. Por qué tanta agua en este maldito país. No puedo con el agua. Se me viene el río encima.

Y así perdiste el equilibrio. Y así perdiste la vida. El torbellino de agua te tragó como una hoja indefensa. El remolino te llevó cuesta abajo revolcándote entre el excremento de las aguas negras que la comarca había soltado ese día. Sólo los zapatacones sobrevivieron la terrible desgracia. Flotaron tranquilamente hasta llegar a una roca elevada donde quedaron depositados derechitos como en escaparate de primera. Endiosados a la vista de los espectadores que en desmedida locura tratarían de llegar a ellos. Los hermosos zapatacones multicolor de suela ancha lamé dorado relucían en un destello de una luz invisible. Los colores adquirieron un matiz extraordinario que contrastaban con las aguas plateadas. La plataforma del zapato era de una belleza inigualable. Las mujeres que presenciaron la tragedia se enfrascaron en bélicas confrontaciones, luchando a muerte para ver quien sería la agraciada en llevarse el apreciado calzado. Los zapatacones quedaron solitos elevados sobre una enorme roca. Intocables a la mano de cualquier hombre. Desde la distancia se podía ver el halo que los doraba. Alejados e iluminados por una luz mágica que los bañaba de una eterna y gloriosa belleza.

PASEO HABANERO

Sola, perduta, abbadonata in landa desolata! Orror! Intorno a me s'oscura il ciel. Ahime, son sola! El aria agonizante que a continuo cantaba te anunciaba la desesperación de su vida atrapada. Nunca comprendiste por qué te enamoraste de su vesania. Acaso la inocencia de su voz. Tal vez la sorpresa de lo inesperado. Quisiste pensar que eran intenciones sibilinas, un innombrable que no acababas de entender. El hecho era que ella estaba puesta en escena, bajo la sombra del inmenso roble, bella y radiante en su furia. Intentaste buscarle una explicación a tu uncida obsesión. Cavilaste por los laberintos de la memoria. Te cuestionaste en el silencio de la palabra queda la llegada de un sentimiento ajeno a tu realidad de hombre práctico. Por qué la quiero, está ida del mundo, ausente. No la encuentro, ella misma no se encuentra. Los ojos de la cantante orbitaban en una dimensión galáctica irreal, astros transparentados por la inquietud sosegada. La sonrisa se perfilaba tenue, reposada de pasión en tormento. Por un momento breve se apoderaba de ella una normalidad inusitada, una serenidad de que estaba presente. Era cuando menos la querías. En dicho instante no era ella, era la mentira. La historia de un amor siempre comienza antes, mucho antes del cariño, de la emoción descabellada. Supiste que esta ciudad, la más extraña de las ciudades, te llevaría a idolatrar a una mujer que en aflorada medida quedaba fuera de tu alcance.

Desde el cielo La Habana emergía como un gran reptil salido del agua. Enorme, duro y pedroso, próximo al mar. Un dinosaurio de piedra.

Los pasajeros venían llorando, gritando, suspirando e intentaste cerrar los ojos para recordar lo que habías leído, para sensibilizar el recuerdo. La inmensa amalgama de letras que inventaba un mundo desconocido a tu experiencia. Lezama Lima. Loynaz. Arenas. Cabrera Infante. Piñera. Carpentier. Nada. Mañach. Brull. Guillén. Eliseo Diego. Cirilio Villaverde. Nada. No acababas de entender la razón del sentimiento desbordado, la sensiblería acuosa, la pena excesivamente ahogada. La azafata anunció la preparación para el descenso y los viajeros emocionados no sabían si abrocharse los cinturones o saltar por las pequeñas ventanillas. En la tierra se dibuja La Habana, su increíble Habana, la ciudad de las columnas encerrada en el misterio. El viejo casco con castillos y palacetes. El Monte Carlos latino de los años cuarenta. La urbe revolucionaria de los sesenta. La ciudad encarcelada en el enigma de su pasado.

La Habana. La ciudad de un millón de bicicletas. El taxista intentaba esquivar los ciclistas, pero aparecían como multiplicados. Algunos por pura curiosidad atisban por la ventana del coche para ver quién viaja. Una enorme sonrisa se delinea en el rostro como si quisieran darte una alertada bienvenida a la metrópoli caribeña. Siempre son muchos. Son el hormiguero de la ciudad. Desbordados por las calles llevando una prisa con intención y sin consuelo. La maravilla y el asombro se apoderan de la mirada. La ciudad les pertenece con sus miles de pedales girando y girando por avenidas, callejones, calles y bulevares. El conductor está de más, él sobra en el mundo biciclo donde la urbe circula y circula hasta no parar. La ciudad es un carrusel. Los cuerpos semidesnudos flotan por las calles como ángeles negros en un paraíso robado. Descamisados, pantalones ceñidos, blusas transparentadas, troncos humanos expuestos al sol, un enjambre de erotismo permea el aire para que no quede duda que el país se lleva en la piel, en el pecho, en las nalgas, en el contorno de las caderas que anuncian la primacía del cuerpo.

E nel profundo deserto io cado, strazio crudel, ah, sola, abbandonata, io la deserta donna! Ah, non voglio morir! La agonía nuevamente se deposita en su voz. Sube a escena. Plaza de la Catedral. Barroco. Barroco caribeño. La catedral domina la plaza, a lo lejos el Palacio de los Marqueses de Aguas Claras y a la distancia la Casa del Gobernador Excelentísimo Luis Chacón. Año de mil setecientos cuarenta y ocho. El cielo cubierto de estrellas y una profunda oscuridad sobre la tierra. La soprano canta. Canta con una maravilla de voz que retumba contra las antiguas paredes coloniales. *Non voglio morir! Non voglio morir!* Por qué te has de morir si cantas como un ruiseñor. De qué muerte hablas, si eres la diosa que vaticina el siglo de las luces. El público se levanta en vivas gritando brava, bravísima y desapareces entre las mesas, las sillas, te desvaneces como una leve espuma sobre la arena. Y en pleno siglo dieciocho quedo prendado. De la voz. De la mujer. Del misterio.

La Habana. La ciudad de los edificios fantasmas. Miles de construcciones desvencijadas atropellando la mirada. Intentas descubrir una vivienda que tenga un matiz, un color. Imposible, casi improbable. El propósito se vuelve un juego, una maniobra al escondite con una ciudad que se empeña en ocultar su indescifrable belleza. Escudriñas las calles para ver si por fortuna atizas un tesoro salvado, una casa que muestre señal de pigmento, vestigio de vida. El hallazgo se facilita de manera sorpresiva. Entre centenares de casas destartaladas aparece una como un gran pastel de novia pintada de amarillo limón. Nítida. Perfecta. Impecable en su corrección decimonónica o acaso las ruinas vecinas le asignan un esplendor al descubrimiento. El taxista nota el escrutinio en tu mirada. Te recuerda que cuando llegues a la Habana Vieja la vas a encontrar cambiada, transformada. La ciudad antigua está siendo rescatada. La están embelleciendo, revelando la hermosura que siempre atesoró.

Tutto dunque è finito. Terra di pace mi sembrava questa! Ah, mia beltà funesta ire novelle accende. Reapareces en escena. La ubicación es El Malecón. El agua cristalizada en su azul intenso, la sal y el gentío te llaman a la distancia. Las congas. Los tambores. Las congas retumban a la orilla del mar. Los turistas se acercan para disfrutar lo que ellos sienten como fire, cuban fire, hot cuban fire. Un son montuno está a punto de estallar cuando de repente se escucha un tarareo lejano. De la nada surge la voz. Ella y su radiante voz. Una vocalización de soprano cantando danzas españolas en sol mayor. Granados, sí canta algo de Granados. Una danza de estilo cortesano. De las danzas gloriosas donde la cantante muestra la brillantez de su timbre, el virtuosismo palpable. El público le forma un cerco mientras las congas en un ritmo singular la acompañan como si conocieran la tonada. La sonoridad no es vibrante humana, baja del cielo. Un ángel entre congas canta frente al mar cubano. Termina y se esfuma como siempre. Tú la buscas entre la pasión y el amor, pero ella desaparece, siempre desaparece.

El Vedado recibe al visitante con los brazos abiertos. Puertas abiertas. Balcones abiertos. Los alcantarillados desbordándose por las calles van dejando una extenuante pestilencia que recuerda al mangle enraizado de la ciénaga. El art déco se desviste en su elegancia mostrando la abstracción geométrica en cada casa, en cada edificio delineado. El ojo se va acostumbrando a ver la perfección en la vírgula arquitectónica. El taxista te va indicando edificios, mansiones de los treinta para robarte un sentimiento de agrado, de aprobación. No te dice nada, sólo se sonríe y te señala. Desde las aceras ves las manos saludándote con una expresión de alegría. La pregunta la llevas maquinando en la mente. Por qué se ríe esta gente. Por qué se vierte la felicidad. Con la miseria que llevan a cuestas, de dónde sale el alborozo de vivir. El taxista sabe leer el pensamiento. Te conoce. Habla poco, pero te dice, -qué más se puede hacer en este país, reír o llorar, mejor reír para no hacerse un ocho, para no terminar uno loco.-

Strappar da lui mi si volea; or tutto il mio passato orribile risorge, e vivo innanzi al guardo mio si posa. Nueva ambientación. El Palacio de los Capitanes Generales. A través de los antiguos arcos se puede divisar la Plaza de Armas y el gran Carlos Manuel de Céspedes dando el grito de independencia, desde su alma sale el grito de Yara. El año mil ochocientos sesenta y ocho. La Habana está en llamas. Ella desciende lentamente por la escalera de caracol. Su público la recibe de pie aplaudiendo en un frenesí de locura. En los ojos se ve una maldad. La mujer es pura sensualidad, la esencia de lo carnal. Carmen, es Carmen. La tirana comienza a cantar en despecho. Su voz se queda con las salas y los zaguanes. El Palacio le pertenece. Es un aria de corazón abierto, de alma enloquecida. Ella es Carmen, la Carmen Habanera. La Carmen de la independencia, la Carmen revolucionaria. El público la quiere. Tú la adoras. Y ella es de nadie. Hace su salida y como siempre queda perdida en la urbe de manos y aplausos que la aclaman.

El taxista te deja frente al edificio. Viejo, destartalado, pero revelador. Vas subiendo las escaleras anchas y los ojos curiosos, coquetos te van siguiendo. Ojos negros. Ojos brujos. Abres la puerta y te encuentras con tu mundo. El estudio se siente adecuado. Un baño pequeño. Una cocina portátil. Un cuarto enorme con un balcón que mira hacia la ciudad. Por primera vez te fijas en la capital desde un espacio interior, desde la intimidad de una recámara. Te dices en voz alta, casi sin pensarlo, -se ve sugestiva, intrigante. Tendré que empezar hoy mismo a explorarla.- Desempacas rápidamente para dejar la ropa ordenada. Entre expectativa y ansiedad te lanzas a la calle para develar el enigma que arropa con cautela la ciudad. La Habana. La Habana. La ciudad encantada.

La ciudad se entrega entre luces y nieblas ahumadas. Las jineteras te indican los recovecos de las calles antiguas, las esquinas del atropello y la infamia. Usted siga derecho, derechito, que se va a encontrar con lo que busca. Las calles adoquinadas te van tropezando el paso. Espías por los vitrales de los soles truncos. La mirada se cuela por los patios colmados de tendederos sucios y gastados. Una sarta de niños desnudos te viene al asalto. Extienden sus manos negrísimas como tentáculos en espera de un ofrecimiento tardío. Es la cara borrada de la metrópolis desencantada. Entre arco y zaguán te cuelas por la pestilencia del desarraigo. En los laberintos hay un camino simple sin retorno. Una displicencia que te traga con su atropello de rabia y miseria. Y me siguen repitiendo, usted siga derecho, derechito, que se va a encontrar con lo que busca.

Ah, di sangue s'èmacchiato! Ah, tutto è finito! Asil di pace ora la tomba invoco. Has llegado a la última escena. Basílica de San Francisco. El templo mira hacia el interior de la ciudad. Es el esplendor del barroco con su austera severidad enjambrada. La acústica del claustro es maravillosa y llega una voz hasta la Plaza Vieja donde se venden los esclavos y el comercio de la ciudad circula. La voz de cristal resuena por los pasillos. En el centro de la nave principal se encuentra la soprano cantando como una diosa ataviada. Puccini, sin lugar a dudas Puccini. Es el canto de la entristecida Manón Lescaut que ha perdido la sencillez del amor. El público está solemne. La voz entra por las fibras de la piel. Oyes un murmullo, un leve murmullo de voces que en secreto comentan una desgracia, un complot. -Dicen que está loca, que la van a desaparecer, que la tienen que desaparecer. Que en sus canciones le está cantando una verdad disfrazada a la gente. Que estas imprevistas apariciones no le hacen bien al país.- La voz alocada de la cantante de repente se eleva como para acallar la sentencia que ella misma ha escuchado, *In quelle trine morbide, nell'alcova dorata v'e un silenzio, un gelido mortal- v'è un silenzio, un freddo che m' agghiaccia!* Tú le perteneces. Ella en su voz ha conocido tu mundo, tus sueños, tus miedos. Finaliza el canto en un último suspiro, haciendo una salida abrupta, corre y se pierde entre los claustros.

Lascia ch'io pianga mia cruda sorte; E che sospiri la libertad. Piensas en ella la noche entera. En la última noche de La Habana. En su voz de ángel. En su mirada desprovista de vida. En lo que pudo haber sido. No logras reconciliarte con el sueño. De la nada reaparece su canto. La voz se te cuela por la piel, por las venas hasta llegar a la médula del sentir. La buscas en los recovecos de tu estudio y no la encuentras. Sales al balcón y la ves extendida y arropada. La Habana, la entrañable Habana. Corres a la calle para rastrear su voz. Los alcantarillados siguen abiertos. La ciudad se desborda en pestilencia. Cruzas las avenidas, los bulevares. Los ciclistas te atropellan, te cierran el paso. El taxista te grita en un lenguaje soez. La ciudad les pertenece. La voz de ella es ahora un murmullo que lentamente se apaga en la distancia. Una voz que se pierde en el mar. Ahora sólo escuchas su voz queda, su terrible voz que siempre te anunció lo que imperecederamente intuías, *no, non voglio morir, amore, aiuta, non voglio morir.*

EL TÍO DE LOS AVERNOS

El tío le recibió con los brazos abiertos. Con los brazos expandidos para acunar un siervo más que vendría a rendirle tributos. La ceremonia se repetía con una carga de cuatro o cinco siglos que venía a recordarle que la herencia de los humildes siempre era la misma, servidumbre para el que manda en las entrañas de la tierra. El tata, y el padre del tata y los que les antecedieron no supieron zafarse de las garras enternecidas del soberano patriarca. Las historias se contaban y en ecos resonaban de cuando en épocas de la colonia el benefactor subterráneo, el dios de los dedos alargados no sabía otra cosa que chuparlos para adentro, bien para adentro para que los gritos no fueran escuchados por los recién iniciados que afuera aguardaban el designio que iría marcado como tatuaje de la comarca, el grabado en fogonazo vivo incrustado en la piel roja de los habitantes que quedaban perdidos en la región desconocida de las montañas.

Me pregunto si debo hacer la lucha. Si las matemáticas y los cálculos que me enseñaron hubiesen de rendir una diferencia que me liberara del yugo. Oigo a voces claras los estallidos internos marcando la secuencia, anunciándome el intermitente de cuando debo salir. Me pierdo en el cómputo instruido por los profetas del juicio y el que heredé de los abuelos. A los cuatro estruendos es cuando debo subir, es imperante, debo efectuar la salida con prontitud, así me impartieron la lección, de ello depende mi vida, pero aquí traigo los dones ceremoniales, no puedo salir, no debo huir. La coca dadivosa y el aguardiente de los maizales, las ofrendas para el omnipotente padre de las cavernas. Si huyo, si me escapo del infierno de los laberintos, sería visto como cobardía por los de arriba y desobediencia por el de abajo.

Enciendo la linterna para iluminar su rostro. Para asegurarme que es él y no su impostor. Lleva los colmillos carcomidos y los ojos atravesados. El labio inferior va encendido de rabia y esperanza. Por fin veo el rubí desprenderse de su lengua, es él, es eternamente él. En su pose de buda inquieto me indica que me acerque, al menos de esa manera lo presiento. Los de arriba me instruyeron en el ritual. Debería depositar el vaso en su mano de nido y regar las hojas sobre su regazo, lentamente sin que el aire lo perciba. Ejecuto cada acción con la solemnidad de un sacerdote que conoce su oficio. No puedo equivocarme porque de mis movimientos depende de si doy entrada a las excavaciones donde me aguardan los compañeros, los iniciados. Los excavadores que a veces regresan al mundo de los despeñaderos, al valle del aire limpio, a ver los ojos gratos de sus madres y las faldas amplias de sus esposas, una felicidad de envoltura pequeña que sólo el protocolo aprendido de los milenios permite.

Yo no tengo ni esposa ni madre que me aguarden, sólo tres hermanos desheredados que esperan su turno. Anoche les contaba de papá Cifer. Prepararlos para que el tumbe no sea fuerte. Javier San Pedro va creído que si las ciencias lo acompañan irá instruido en las artimañas de la desaparición sin que el tuerto lo perciba. Los pequeños, los potritos sin conciencia, se han tragado las mentiras del cura de la parroquia del Cristo de la Resurrección. Las mismas patrañas entretejidas una vez me las creí hasta que le vi la cara de cerca. Fue entonces cuando comprendí que su reino era distinto. Profundo y tácito de paredes agrietadas donde los ríos de las calamidades se daban en aire y no fuego. Ni teologías ni embelecos se dan con la furia de su presencia. Los mundos se separan cuando traspasas la gruta. En los valles, en los pastizales, algo de esperanza te queda, los santos y las santísimas se dejan encomendar. En el túnel, eres tú y sus caprichos.

Una vez se me formó el anhelo, la desesperanza diría papá Juancho, de instruirme en las artes de aprenderme el universo. Descifrar las constelaciones milenarias y nominarlas a juicio de mi invención. El ojo agudo sin telescopio me permitía establecer las claras diferencias de los señalamientos astrales. Mamá Teresa seguía mis apuntes intentando disimular su sorpresa de ver como me las arreglaba para ordenar el cosmos. Intenté explicarle que la curiosidad me nacía de tener conciencia que el universo lo llevábamos formadito por dentro y que el celestial no era sino un reflejo de nuestra propia cosmografía. No le pareció tan disparatada la idea y me animó a que le diera seguimiento al asunto. Sólo me pidió que no fuera a rendirme a una ceguera de querer ver lo que no está visto. A la hora señalada cuando aparecían las estrellas por el poniente se acurrucaba por mi brazo y fijaba su mirada en mis ojos para asegurarse que su hijo no fuera a perder la mirada en los cielos.

No fueron los cielos que se tragaron los tatas. Por las mañanas se enterraban en las galerías estrechas para extirpar el escaso metal que a duras penas llegaba a las manos sangrientas y sudorosas. Diez, doce, hartas y prolongadas horas eran ofrecidas como tributos a las vías que lentamente se fueron comiendo los pulmones de nuestros padres. Primero mamá en brazos rendidos ante la transportadora enmohecida que la vio sacudirse en un ataque de asma hasta que la fulminó por completo. A los pocos meses papá Juancho quedó sepultado en el derrumbe del último sumidero. Los ofrecimientos para apaciguar al tío panzón fueron diarios y regulares. A cada veta recién abierta el dios era colocado con sus debidos honores para que protegiera el paso de los trabajadores. Mucho se rumoró que papá una noche se olvidó del aguardiente, que el descuido fue causa de su encono. Los más habladores, los de lenguas malditas, comentaron que mamá venía rindiendo sus tributos a la Virgen de los Milagros. Según el hábito, aquel no era ni el lugar ni la ocasión para trocarse en alianzas.

La constelación de sagitario entraba en noviembre cuando sentí los diez años cumplirse en mi cuerpo. El centauro con su arco plateado apuntaba la flecha aguda hacia los astros de la desgracia. Fue entonces cuando por negligencia o traición de mis padres que un peso de hierro se montó sobre carreta. Yo el mayor de los cuatro tendría que cargar con el monto de la trasgresión. Quizás los viejos no tuvieron la culpa. Tal vez fue el simple infortunio de los azares de la existencia que se riñe las cartas de la vida y la muerte. Nunca lo sabré, pero lo cierto era que venía marcado en el espacio indefinido de la noche. Tata nos contaba que la gente de las sombras no pasa de los cuarenta inviernos, que es cosa de la socavación, del tío Cifer, de la Milagrosa. De todos que se ponen en compinche en desgraciar a la madre naturaleza, de meterse con ella para quitarle lo que es de ella y sólo de ella. Las múltiples posibilidades me dan vuelta en la cabeza como chasquidos de piedras que se tiran al unísono al río.

La última vez que estuve afuera intenté examinar la constelación de la Corona Australis. La céntrica, la más hermosa en su brevedad de astros difuminados. Expandí los ojos para abrir la mirada para que penetraran las luces escapadas del universo. Australis es escurridiza, impaciente. Requiere virtud del ojo y amor por lo indescifrable. En el ejercicio descubrí que una sombra negruzca se había depositado sobre mis pupilas. Un pánico de segundos se apoderó del atropello. No era posible. La pulcritud de la mirada no estaba presente. Le achaqué al sueño la imposibilidad de hacer la entrada. No podría ser un impedimento de visiones, los sonámbulos son incapaces de percibir las iluminaciones que se quieren hacer visibles. Son incapaces porque no se abren a la vida, porque viven en la perpetuidad de un limbo inventado. En el sondeo andaba errado. La posibilidad de la arrogancia de mi intelecto podría ser la causa. Juzgaba, discernía en el improperio de la soberbia.

Ahora sigo enterrado en la galería de las penumbras, en la vía donde mis antepasados conocieron su suerte. Uno a uno quedaron sepultados en los laberintos donde el recuerdo es la desmemoria. Pedro de Jericó arrastrándose por el lodazal del derrumbe de 1602. Enterrando las uñas en las paredes selladas del montón de piedras que ahora lo sepultaban para siempre. Ahogándose en su propia locura, encadenado a la demencia de su muerte lenta. Encadenado y muerto como los Pedros que le siguieron en los siglos de las luces cuando las óperas llegaban al puerto para celebrar el auge metálico que brotaba de las entrañas de la tierra. Luces que vieron revoluciones y revueltas con las Marías de pulmones asqueados en el siglo del diecinueve cuando la promesa era construir la capital que nos daba nomenclatura en el mundo. Una definición que no acaba de llegar, que no se hace presente en las manos carcomidas por los ácidos que ahora facilitan la extracción precoz del metal que se esconde en las venas antiguas de los laberintos.

Escucho los estallidos. Nuevamente me recuerdan que debo salir. Los pasos de los compañeros se apresuran para efectuar la salida. Gritan mi nombre para que avance, para que no sea otro sordo al aviso. De repente la pequeña cavidad se llena de un silencio, un silencio rotundo de segundos suspendidos. La oscuridad me ha enterrado en una sutil dejadez. Ofusco los sentidos. Las piernas han perdido la fuerza, el deseo de buscar el escape. Las constelaciones australes se van dibujando en las paredes de la cueva. Corro para hallar un pedazo de carbón que pueda capturar los astros que se delinean en el cielo de la gruta. Erídano, Orión, Buril, Retículo, Hidra, Ofiuco. Las estrellas van descendiendo como un polvo mágico sobre mi frente. Desde una esquina el tío se ríe a carcajadas porque sabe que el sacrificio es menos penoso que translimitar los espacios de las ataduras engañosas. El polvo llueve sobre mi rostro como una gran luz de cenizas. Rindo las fuerzas. Rindo la batalla. Por fin me entrego a los brazos del tío sonriente que me acuna en el subsuelo de los avernos.

EL PARQUE

DE LAS PALOMAS

El antiguo San Juan siempre es hermoso por las mañanas. Las calles adoquinadas con sus empedrados azules diamantinos, pulidos como espejos de antaño, reflejan el amanecer azafranado y soñoliento del trópico. Los balcones custodiados por los barandales gruesos de caoba, van repletos de buganvillas doradas y geranios rubíes, que reciben el suave salitre del mar. De los callejones asombrados se desprende un secreto centenario que va a dar en la maravilla de sus plazas. Cada una se presenta al caminante con una fisonomía distinta, con una imagen encantadora que la distingue de las otras. Algunas, pequeñas y recogidas, miran hacia el mar lapislázuli. Desde su pequeño rincón, recogen los vientos alisios que luego se depositan en los almendros florecidos. Las ocultas, las tímidas, se recogen en el seno de los contrafuertes. Desde la seguridad de su fortín medieval, se arropan de robles enanos que las guardan del paseante incauto. Las atrevidas, las amplias expuestas al sol, se ven rodeadas de capillas, iglesias y conventos. Son las céntricas, las públicas, las amadas por sus habitantes que veneran los nombres con sólo pronunciarlos. San Francisco, San José, Inmaculada, Catedral, Santa Bárbara, Dominicos, Espíritu Santo. La antigua ciudad de San Juan se endiosa y se embelesa de un misterio con sus plazas embrujadas de historia, belleza y encanto.

Pero la niña de los cabellos ensortijados no sabe nada del conjuro. Ella sólo advierte que San Juan es bonito y que su plaza predilecta es el parque de las palomas. En ella tiene al mar, todo para ella, sólo para ella.

La Capilla del Cristo la protege de los intrusos y los robles le construyen un reino que solamente los niños y las niñas son capaces de descubrir. Y el parque de las palomas le pertenece. Es suyo. Siempre fue suyo. Fue suyo en el momento que se lo dio Meni. Porque nunca pudo pronunciar su nombre correcto, Benny, simplemente Benny. A ella no le importaba, porque Meni también era lejano como su plaza, como su parque de las palomas. Meni también se perdía y reaparecía como las tórtolas plateadas que venían de mar adentro. Su Meni era el único adulto que podía comprender la razón de su amor por el parque, la pequeña plaza que le permitía ser ella misma, la niña de sueños que volaba con los pájaros a otros mundos, a otros universos. Como una costumbre anticipada con la felicidad en mano, llegaba al parque los domingos por la mañana vestidita como un capullo de rosa. En el centro de su parque, en el trono de su reino, comenzaba su soliloquio de plena satisfacción,

-Y soy bonita porque Meni me lo dijo y yo lo sabía. Pero me gusta escucharlo cuando él me lo dice porque se le cristalizan los ojos y algo mojado se le queda depositado en las pestañas. Meni me mira y se sonríe, siempre se sonríe con los ojos lejanos. Me siento a su lado y jugamos pon pon el dedito en el pilón, pero . . . llegan las palomas, sí las palomas, y hay que jugar con las palomas. Bailar con las palomas, porque yo soy una paloma. Sabías Meni, yo soy una paloma.

El parque tiene una fuente y la fuente tiene tres caídas. Desde el parque se ve la bahía, a lo lejos se divisa el océano y de cerca las isletas con sus castillos entronizados en las mesetas que miran hacia los acantilados. A la distancia se ven las montañas, cubiertas de un verde opaco ensimismadas en su niebla de invierno temprano. Las gaviotas giran en su vuelo aprendido y el día se transfigura en un velo sublime de mañana, agua y distancia. El parque está solo, solísimo en su trono. Pero la soledad es pasajera. Los niños van llegando y la niña los recibe con sus ojos brujos, de niña pícara, dueña del aire, dueña del cielo. Meni le compra comida para las palomas porque es el nuevo antojo de la niña. Porque ella adora las palomas. Y luego solita entre las palomas se sienta en el banquillo a darles de comer. Los niños se acercan con la curiosidad propia de sus años y ella decide compartir las semillas con sus nuevos amigos, porque ahora tiene amigos y les canta pon pon el dedito en el pilón. Canta bonito y se envuelve en su canto para no perder la inocencia que lleva dentro, la inocencia que Meni protege con sus fuerzas. En el parque hay una gran sombra, una sombra placentera. Los quioscos se van abriendo y las luces de los dulces se esparcen como arcos de caña nueva. Helado de coco, agua de parcha, bienmesabes, piraguas y azúcar de tamarindo. La Capilla del Cristo a la entrada del parque, con su altar áureo, va iluminándose como una esfera de topacio. El parque no está solo, el parque es de los niños.

Las horas van pasando y el tiempo se desgasta con el recreo de los chiquillos. El esparcimiento ha agotado las energías de los vigorosos. El parque de las palomas se va ausentando de palomas, niños y paseantes adultos que lograron descubrir el refugio de los pequeños príncipes, de las pequeñas princesas. El atardecer baña lentamente la plaza con su moribunda luz. La niña no quiere jugar, ahora quiere sentarse sobre las piernas de Meni. Busca el acomodo en su nuevo reino, en su nuevo trono. Lo abraza y le susurra unas palabras quedas al oído. "Te quiero Meni, te quiero como a las palomas." Y él mira al mar y el mar lo mira a él. Un sentimiento suspendido y mágico se deposita en el aire. Sólo la niña paloma en su abrazo de alas extendidas supo decir la magia de aquellas palabras, las palabras que los grandes parecen haber olvidado. "¿Y tú Meni me quieres?" Meni se sonríe, mira al mar, a las gaviotas, a las palomas y algo húmedo se le deposita en las pestañas.

ÍNDICE

BENITO PASTORIZA IYODO

Benito Pastoriza Iyodo ha sido ganador de varios premios en los géneros de poesía y cuento: El Ateneo Puertorriqueño, el Latino Chicano Literary Prize, Voces Selectas, Terra Austral Editores y Premio Manuel Joglar Cacho. Sus libros publicados incluyen: *Lo coloro de lo incoloro, Cuestión de hombres, Cartas a la sombra de tu piel, Elegías de septiembre* y *Nena, nena de mi corazón.* Benito Pastoriza Iyodo colaboró en la fundación de varias revistas especializadas en la difusión de la nueva literatura escrita por latinos en los Estados Unidos. En la actualidad publica para revistas literarias y es traductor.

Printed in the United States
83663LV00007B/148-150/A